「カー坊、彼女《ラプラス》には近づくなって言わなかった？　あたし」

「いたたたたたたっ！」

――。

女帝』にして『超天才』だけど、
オレにとってはただの口うるさい従姉《あね》だ。

「もー、なにぼ～っとしているの？」

「観田さーん、隣にエロ小僧がいるわよー」

「君は……本当に……いい男だね」
今日の明日香先輩は絶対になんかおかしい。
これは何かの罠なのか？
でも、こんな罠になら、ずっとハマっていたいっ！

オレと彼女の絶対領域《パンドラボックス》

鷹山誠一

HJ文庫
315

口絵・本文イラスト　伍長

Contents

Prologue　Nightmare of Laplace

その瞬間《しゅんかん》、オレの全身を電気が疾《はし》り抜《ぬ》けた。

心臓が痛いぐらいに脈打ち、オレは思わず胸をぎゅっと押《お》さえる。こんなことは生まれて初めてだった。

ざあああっとオレの心のざわめきに呼応するかのように一陣《じん》の風が吹《ふ》き、校庭に桜の花びらを舞《ま》い吹雪《ふぶ》かせる。

その幻想的《げんそうてき》とも言うべき風景の中に、女神《めがみ》さまがいた。

思考と視線が、完全にその人に奪《うば》われてしまう。

切れ長の瞳《ひとみ》に長い睫毛《まつげ》、すらりと通った鼻筋、小さくて形のいい唇《くちびる》、それらがまさしく神の造形のごとき絶妙《ぜつみょう》のバランスで配置されている。

校舎を背に立《た》ち尽《つ》くすオレの前を、女神さまが通り過ぎていく。西日を浴びて艶《あで》やかに煌《きら》めく長い黒髪《くろかみ》、ピンと伸《の》びた背筋、流れるような優雅《ゆうが》な足運び、そのどれもが完璧《かんぺき》としか言いようがない。

だけど、最も気になったのはその瞳に満ちた憂《うれ》いの色で——

「あっ、待って、待ってくださいっ！」

気が付くと呼び止めてしまっていた。この場からいなくなって欲《ほ》しくなくて。ただもう少しだけその姿を見ていたくて。

女神さまが足を止め、ゆっくりと振《ふ》り返《かえ》る。

「なにか、用？」

その声は、どこかわずらわしげだった。にもかかわらず、綺麗《きれい》で透《す》き通《とお》っていて、オレの心をさらに高鳴らせる。

「あっ、えと、その……」

しどろもどろになるオレに、女神さまの視線がさらに険しさを増す。さっきは思わず声をかけてしまったけれど、緊張《きんちょう》しすぎて頭の中は真っ白で、何を言えばいいのかまったく思《おも》い浮《う》かばない。

うわー、このままじゃただの不審《ふしん》人物だよ、第一印象最悪だよ。なにか、なにか言わないと。ほら、女神さまだって不審そうに見てるし。

そうだ。なまじ頭で考えるから駄目《だめ》なんだ。

オレの尊敬する格闘家《かくとうか》が言っていた。『考えるな。感じろ』と。心で感じたことを、ただそのまま口にするんだっ！

「好きです！　付き合ってください！」

って何いきなり告ってんだよ、オレはぁぁっ!?

ちらりと女神さまの表情をうかがうと、やっぱりというか当たり前というか、切れ長の瞳を大きく見開き、唖然《あぜん》としておられた。

「あ〜、いきなりすぎッスよね。その、まずは友達《ともだち》からでも……」

「ふふっ」

みっともなく狼狽《ろうばい》するオレに、女神さまの口から笑《え》みが零《こぼ》れた。

「君、新入生の子ね？」

女神さまが、オレの襟元《えりもと》にある校章を見て言う。

「はい、そうです」

オレが三日前から通うことになったこの青陵《せいりょう》高校には、学年色というのがある。女神さまの襟元に入ったラインの色は赤。オレより一年先にこの高校に通っている従姉《いとこ》と同じ色だった。先輩《せんぱい》……なんだなぁ。

「わたしに……近づかないで」

初めての恋《こい》は一分たたずに玉砕《ぎょくさい》!?

思わずショックでその場に崩《くず》れ落《お》ちそうになったが、ふと気づく。女神さまの表情は、とても寂《さび》しそうで……今にも消えてしまいそうなぐらい儚《はかな》くて危《あや》うい感じがして、妙《みょう》な違《い》和感《わかん》を覚えた。告白を断った人って、普通《ふつう》、こんな顔するか？　もっと別の表情を浮かべるような気がする。

「この学校に、お兄さんかお姉さん、もしくは中学時代の先輩とか、いる？」

「え、ええ、一応。従姉と、部活の先輩が」

「そう、わたしの名前は観田明日香《かんだあすか》よ。その人たちに、わたしの事を聞いてみることね」

そう言い残して、女神さま、もとい観田先輩は踵《きびす》を返す。やはりその黒曜石のような瞳には翳《かげ》りがあって、オレの心に強く深い印象を残していく。

その後ろ姿が校門の先に消えるまで、オレは茫然《ぼうぜん》とその場に立ち尽くしていた。

はあ……ＴＶに出てくるアイドルとか目じゃないって感じだったなぁ。絶世の美女ってのは観田先輩の為《ため》にあるような言葉かも。

「ああっ！」

オレってば自己紹介《しょうかい》もしてないじゃないか。舞い上《あ》がりすぎだってての。

「そう言えば、自分の事聞いてみろって言ってたっけ」

観田先輩の言っていたことを思い出《だ》し、オレはズボンのポケットから携帯《けいたい》を取り出す。

リストから従姉の名前にカーソルを合わせ、ダイヤルボタンを押した。

『もしもし、どうしたの？』

間もなく、聞き覚えのある声が出た。

「サヤ姉、今忙《いそが》しい？」

『忙しいといえば忙しいわね。でも、弟分と電話できないほどじゃないわね』

「ありがと。聞きたいことがあるんだ。その、観田明日香って女の子の……」

彼女《かのじょ》の名前を出した途端《とたん》、電話ごしに息を呑《の》むのが聞こえた。

『その名前、どこで聞いたの？』

いつもより一オクターブ低い声。叱《しか》られたり詰問《きつもん》されたりするときの口調だ。この反応、彼女のことを知ってるってことだよな。そりゃそうだよなぁ。ずば抜けた美人だったし。

待てよ。あれだけ綺麗なら、彼氏《かれし》の一人や二人ぐらい、いてもおかしくないって言うかむしろいないほうがおかしいような……。

も、もしや校内では有名なカップルだとか⁉　さっきのわたしの事を聞いてみろと言うのは、彼氏がいるからごめんなさいって意味⁉

ありえる！　ありえまくる！　サヤ姉が怒《おこ》っているのも、「彼氏のいる娘《こ》にちょっかいかけるつもり⁉」ってことか？　おいおい、辻褄《つじつま》が合いまくるぞ。

いやいや、彼氏がいたってどうだというのだ。高校生カップルなんて一年続けばいいほうらしいし。先輩は二年生。まだまだチャンスはあるはずっ！

『もしもし、もしもし⁉　こら、ちゃんと答えなさい！』

サヤ姉の怒声《どせい》にはっと我に返る。

「どこでって、その、今校庭で、本人からだけど」

『本人から⁉』

「あ、うん。すれ違《ちが》った時、その、一目《ひとめ》惚《ぼ》れしちゃって、勢いで告白……」

『こ、こここ、こくはくぅっ⁉』

あまりの大声に、オレは思わず身体をのけぞらせた。

「そこまで驚《おどろ》かなくても」

『……うそ、いつの間に……。これまでそういうことにまったく興味示さなかったじゃない。三日前もベッドの下から何も出てこなかったから、大丈夫《だいじょうぶ》なのかしらってちょっと心配してたのにっ！』

「あんたはオレの部屋でいったい何をしてやがりますかっ⁉」

オレのプライバシーっていったい……。

これだから姉弟《きょうだい》同然の幼馴染《おさななじ》みってやつぁ……。

『くうっ、あたしとしたことが油断していたわ。んで、ようやく興味をもったと思ったら、よりにもよって観田明日香ですってぇ!?』

「あ～、もしかして、やっぱり彼女、彼氏がいたりする？」

『……いないわよ。生徒会長だからって、生徒のプライバシーまでいちいち把握《はあく》してるわけじゃないけど、まあ、彼女に関しては、いないって断言できるわね』

「うおっしゃああ！」

オレは天に拳《こぶし》を突《つ》き上げ、雄叫《おたけ》びをあげた。通行人が「何事!?」とオレの方を振り向《む》いてくるが、そんなことは気にもならない。

『ふうっ』

そんなオレを萎《な》えさせるような深い溜息《ためいき》が、サヤ姉の口から漏《も》れる。

「なんだよ、サヤ姉？」

『生徒会長として、ううん、弟を大事に思う姉として、言っておくわ。彼女だけはやめておきなさい』

「なんでだよ？　彼女、フリーなんだろ？」

『ええ、間違《まちが》いなく。別に素行が悪いわけでもないわ。でも、やめておきなさい』

静かに、でも有無《うむ》を言わさぬ口調。いつものオレだったら、この声を聞いただけで竦《すく》み上がって何度も頷《うなず》くところだけど、今日ばかりは引き下がるわけにはいかない。

「だから、なんでだよ⁉　理由を言ってくれよ！」

オレは語気を強めてサヤ姉を問《と》い詰《つ》める。

『……ラプラス』

腫《は》れものにでも触《さわ》るように、忌々《いまいま》しげに吐《は》き捨《す》てられた聞き覚えのない四文字。

「なんだよ、それ？」

『彼女の呼び名、というよりは一種の符牒《ふちょう》かしら。校内ではみんな、彼女のことを名前じゃなくてそう呼ぶわ……彼女との一切《いっさい》の関《かか》わりを断《た》つために』

「はあっ⁉」

あまりと言えばあまりな言葉に、オレは絶句するしかない。

生徒会がいじめを黙認《もくにん》かよ⁉　まさかサヤ姉がそんなことする人だったなんて。いつもあれこれ厳しいけど、本当は優《やさ》しい人だってずっと信じてたのに！　この学校だって、サヤ姉が勉強を見てくれたから入れたようなものだってのに！

うわ、オレ、人間不信になったかも……。

『姉命令よ。彼女に関わらないで。彼女のことは忘れて。彼女は……』

そこでサヤ姉はいったん言葉を切って、厳《おごそ》かに言い放つ。

『絶対不可避《ふかひ》の不吉《ふきつ》を告げる……魔女《まじょ》なんだから』

　その少年は、泣きながらその場でうなだれていた。

　見覚えのある顔だった。昨日、わたしに告白してきた少年だ。顔立ちは精悍《せいかん》で、それでいて年相応の幼さも残る。なんというか母性本能をくすぐる顔とでも言うのだろうか。

　うん、ちょっと……好みかな。だから、彼《かれ》の夢を視《み》たのかもしれない。

　ふふ、わたしにもまだ、乙女心《おとめごころ》と呼べるものが少しは残っていたみたい。

　辺りはガヤガヤと騒《さわ》がしくて、見渡《みわた》せば芋《いも》の子を洗うように人でごった返している。見慣れた風景、お昼時の学食だった。

　少年の右隣《どなり》には、高校生とはとても思えないぐらいの大きな男子が座《すわ》っていて、「がははは」とか笑いながら少年の背中をバンバン叩《たた》いていた。

　少年の左隣に座る少女が楽しそうに微笑《ほほえ》みながら、ポンポンと労わるようにその肩《かた》を叩く。まるで童話の世界から飛び出してきたかのような綺麗で可憐《かれん》な少女だ。

　少年を包《つつ》む空気はとても優しくて、賑《にぎ》やかで、ちょっと羨《うらや》ましかった。

　それはわたしには遠すぎて、手が届かないものだったから。

ピンポンピンポンピンポンピンポンピンポンピンポンピンポンピンポン!!

けたたましく鳴《な》り響《ひび》くチャイムの音に、オレは安息の眠《ねむ》りから引きずり上げられた。

「あ〜〜〜〜〜」

まったく、昨日は色々考えちゃって眠れなかったっつーのに。うっせーなー。

まだ重い目蓋《まぶた》をこすりつつ、オレは布団《ふとん》から手だけを出して、枕元《まくらもと》の時計を引《ひ》っ掴《つか》む。

七時一二分……か。ちっ、起きるしかないか。

壁《かべ》に掛《か》けられた制服、床《ゆか》に散らばったマンガ雑誌、ゲーム機から乱雑に延びたコントローラー、綺麗に整理《せいり》整頓《せいとん》された勉強机、そんな愛すべき我《わ》がテリトリーに別れを告げて、オレは階段を降《お》りそのまま玄関《げんかん》へと向かう。

覗《のぞ》き窓からの確認《かくにん》もせずに、鍵《かぎ》とチェーンロックを解除してドアを開ける。

「おはよう。もっと早く開けなさい」

近所迷惑《めいわく》の現行犯は、オレを見るなり不満げに文句を言って、ようやくチャイムから指を離《はな》した。そんな彼女をオレはジト目で睨《にら》みつける。

「ピンポンラッシュはやめろって、いつも言っているだろ」

「朝の挨拶《あいさつ》はまず『おはよう』からだって、あたしもいつも言ってるわよ」

「……交渉決裂《こうしょうけつれつ》だね」

バタンっ！

ピンポンピンポンポンピンポンポンピンポンポンピンポンピンポン!!

ガチャ。

「おはよう、カー坊！」

「その爽《さわ》やかな笑顔《えがお》がむかつく」

「おはよう、カー坊！」

オレは無言でそっぽをむく。

しかし、回り込まれた！

「おはよう、カー坊！」

「………………おはよ」

さすがに根負けして、気だるく挨拶を返す。

「カー坊、挨拶は元気よくっ！　一日の始まりからそんなんじゃ……」

「帰ってください」

バタンっ！

ピンポンピンポンポンピンポンピンポンポンピンポンポンピンポンピンポン!!

ガチャ。

「だ〜っ、おはようございます！　これでいいだろう、こんちくしょう！」

「怒鳴《どな》らない。親しい間柄《あいだがら》でございますはつけなくていいわ。あとこんちくしょうも朝の挨拶としてはないわね」

人差し指を立てて、したり顔でそんなことをのたまいやがる。

オレは再びドアを閉じたい衝動《しょうどう》に駆《か》られたが、なんとか思いとどまる。いい加減、不毛だ。眠気《ねむけ》もどっかに吹き飛《と》んじまった。

「邪魔《じゃま》するわよ」

そう言って、するりとオレの脇《わき》を通り抜けて、当たり前のように家の中に押し入《い》る。きょろきょろと居間を見回し、「また散らかして」と不満そうにオレの衣類を拾い上げていく。中にはオレの下着なんかもあったんだけど、気にもしない。

はあっと大きく溜息をついて、オレはそれを見守る。

ごくごく日常的な朝の風景だった。

このひとの名前は、高尾《たかお》沙耶《さや》。いわゆるオレのストーカーだ。

スパァン！

いつの間にやら取りだしたスリッパで、頭をおもいっきりはたかれた。

「いきなり何をする!?」

「ん？　なんかそこはかとなくむかついたから？」

「エスパーかっ⁉」

「ってことはやっぱり変なこと考えてたわね。ふふ、女のカンを侮《あなど》らないことね」

やけに得意げにそううそぶく。

彼女、サヤ姉は、オレの母親の兄貴の娘、つまるところ従姉《いとこ》というやつだ。年はオレより一つ上。家もお隣同士《となりどうし》で、オレの両親は共働き。というわけでオレは物心つく前から高尾家に預けられて育ち、もうほとんど姉代わりみたいなひとだ。

彼女ではない。断じて、ない。

スパァン！

「今度はなんだ⁉」

「やっぱりなんかむかついたから」

傲岸不遜《ごうがんふそん》に言い切りましたよ、このひと。

学校じゃあ男子になんか人気があるみたいだけど、みんな趣味《しゅみ》が悪いとしか言いようがないね。オレはこんなこうるさくえらぶった暴力女、願い下げだね。

スパァン！

「そう何度も気安く人の頭はたくなやぁ！」

　仏の顔も三度まで。さすがに温厚《おんこう》なオレだっていい加減キレるわ。

「あたしはだらしない幼馴染みにも優しく手を差《さ》し伸《の》べる、愛情深〜い女の子よ。しかもこぉんな美少女。あたしの存在に感謝しないなんて、世にごまんといる幼馴染み愛好家を敵にまわすわよ？」

「自分で美少女言うな！」

「あら、学校の男の子たち、みんなそう言ってくれるわよ？」

「そいつら見る目がねえっ！」

「やあねえ、民主主義的に、カー坊の目が腐《くさ》っているのよ」

　勝《か》ち誇《ほこ》って、おほほっとお嬢様《じょうさま》笑いをするサヤ姉。

　民主主義の別名知ってるか？　数の暴力って言うんだぞ。

　ちっ、まあサヤ姉が美少女だってことは、オレも認めざるを得ない。家族同然の身近な存在なので普段《ふだん》はまったく意識しないけど、確かにサヤ姉は街を歩けば十人中十人が振《ふ》り向くような、とんでもない美貌《びぼう》の持ち主なのである。

　日仏ハーフゆえかどこか気品のある顔立ちに、見る者を惹《ひ》きつける強い意志を秘《ひ》めた瞳《ひとみ》、自信に満《み》ち溢《あふ》れた表情。先輩が夜空に冷たく輝《かがや》く月ならば、サヤ姉は昼に燦然《さんぜん》と輝く太陽といったところだろう。

しかし、しかしだ。サヤ姉にはたった一つだけ、致命的《ちめいてき》なまでに足りないものがある。

オレはボソリとソレをつぶやく。

「…………………貧乳」

「あん!? なんか今言った？」

笑顔から一転して、鬼子母神《きしもじん》のような怒気溢《どきあふ》れる顔で睨みつけられた。

「もう一度、言ってみて？」

サヤ姉がボキボキと拳を鳴らし近づいてくる。そう言えばこのひと、空手の黒帯持ちだったっけ。痴漢《ちかん》を一人で撃退《げきたい》して、警察に表彰《ひょうしょう》された時もあったし。もはやあの拳はすでに凶器《きょうき》だよなぁ。

……やりこめられたままなのが癪《しゃく》だったのでつい口にしてしまったのだけれど、少し後先を考えるべきだったかもしれない。

「べ、別に。なんも言ってないぜ。そ、空耳じゃね？」

オレはそらとぼけてピーピーと口笛を吹《ふ》く。

……これやってるやつ、自分がやりましたって白状してないか？　しかもどもりまくってるし！　やべえ、オレ、もしかして墓穴掘《ぼけつほ》ったか!?

当然、サヤ姉も、半眼《はんがん》でオレを睨みつけたままだ。

ならば、更《さら》なる一手を打つまでっ！

「ちなみに、なんて聞こえたんだ？」

「え!?　あ、その……」

オレの問いに、サヤ姉は驚いたような顔をして、それからおろおろと口ごもる。

よっしゃあ！　オレは心の中でガッツポーズ。たった一言でブチキレるほど忌《い》み嫌《きら》う言葉ともなれば、さすがに自分の口からは言えまい。女のプライドにかけて、言えまい。

「えっと、あたしの身体の一部分を指して中傷する言葉が、その、聞こえたのよ」

「え～、そんなぼそぼそ声じゃ聞こえませーん？」

はっきり聞こえていたけれど、オレは耳に手を当てて、甲高《かんだか》い声で訊《き》く。

「いや、だから、女の子にあって男の子にないものというか、母性の象徴《しょうちょう》というか……」

「え～、もっと具体的に言ってくださーい」

プチン。

ん？　今、なにかが切れる音がしたような。マンガなんかじゃ堪忍袋《かんにんぶくろ》の緒《お》が切れるシーンだけど、現実、そんなものが聞こえるはずもなし。なんだ、サヤ姉のポニーテールを結んでいたゴムが切れた音かぁ。

流れるように、綺麗《きれい》な光沢《こうたく》ある髪《かみ》がふわっと広がっていく。

あれ？　なんで風もないのにたなびいて……っていうかうごめいているような……。そう、まるで、昔話に出てくる障子越《ご》しの鬼女《きじょ》みたいに……。

「あ、あの、サヤねえ……さん？」

今更《いまさら》ながらに、オレは調子に乗りすぎたことを悟《さと》った。

くう、姉弟《きょうだい》ゆえの気安さもあってついつい悪ノリしてしまうんだけど、そろそろこの癖《くせ》を治さないと命に関わりそうだ。

「もうへ理屈《りくつ》はどうでもいい……」

サヤ姉はぐっと固く握《にぎ》りしめた拳を振り上《あ》げる。

「とにかく一発殴《なぐ》らせなさいっ!!」

どぐぉ！

最初に見えたのは天井《てんじょう》だった。

次にブレーカー、そしてその後に下駄箱《げたばこ》。

やけにスローモーションにそれらは回っていき、やがて最後には木目の床が視界いっぱいに広がった。

ああ、なんかどんどん床が迫《せま》ってくるなぁ……。

ぐしゃああ！

「乙女《おとめ》の敵は滅《ほろ》びた」

頭上から降ってきた実に満足げな声を最後に、オレの意識は再び闇《やみ》へと堕《お》ちた。

ごくごくいつも通りの朝の一幕だった。


「あ～言う場合に、びんたじゃなくて拳ってのは女としてどうよ？」

学校へと向かう通学路、オレは左隣を歩くサヤ姉に文句をつけていた。

川向こうで死んだひいばあちゃんが「こっちきちゃダメよ～」とか必死に叫《さけ》んでたんだぞ⁉　なんで朝っぱらからそんなホラー体験せにゃならんのだ？

「ごめん……ついカッとなってやってしまったの」

申し訳なさそうに、サヤ姉がそっと目を伏《ふ》せる。

おや、珍《めずら》しいな。普段は天上天下唯我独尊《ゆいがどくそん》のこのひとが謝《あやま》るなんて。ふん、それだけ反省してるってことか。今回は許して……

「だが後悔《こうかい》はしていない」

「してねえのかよ⁉」

「あっ、間違った。今は反省している、だった」

顔を上げたサヤ姉がペロッと舌を出す《だ》。
コ、コケにしやがって……。全っ然、悪い事したって思ってねえな、このひと。
内心腹に据えかねるものがあったが、それをサヤ姉の前で見せるのも非常に癪だった。

オレは強がって「ふふん」と鼻で笑ってみせる。

「まあ、いいさ。オレはたわいもない一言でマジギレしちゃうどっかの従姉《いとこ》とは器《うつわ》が違《ちが》うからね」

そう、オレは昨日初恋《はつこい》を経験し、お子様を卒業したのだ。以前まではすでに立っているステージが違うのだっ！

勝ち誇るオレをサヤ姉は冷めた目で見つめ、言った。

「ちび」

「あん、なんか言ったかこらぁ！」

「マジギレカッコワルイ」

「人には言っちゃあいけない言葉、NGワードってのがあるんです！　サヤ姉だってさっきマジギレしてただろうがっ！」

「器の小さな男ってサイテーよね。女のヒステリーひとつ許せないなんて」

サヤ姉は首を左右に振る。憐《あわ》れんでいるように見せかけて、それがもっとも相手の感情を逆なですることを理解してやっているからこの人は本当にタチが悪い。

咄嗟《とっさ》にいい返し文句が浮《う》かばず、オレは唸《うな》り声《ごえ》を上げるしかない。

「ぐぬぬぬぅ！」

一つだけ、ここで明言しておきたい。

断じてオレはチビじゃないっ！　つーかそもそもオレより背が低いサヤ姉にチビ呼ばわりされるのはなんかすっげー納得《なっとく》いかないしっ！

確かに男連中にはオレより背が高いヤツがちょこぉっと多いかもしれない。しかしそれは単にまだオレに成長期が来ていないだけだ。オレにはまだ可能性に満ちた『未来』がある！

高校の三年間で三〇センチぐらい背が伸びるやつなんて、ざらにいるんだ。オレは牛乳は一日一リットル、小魚も毎日おやつのように食べている。一年後にはきっと、絶対、間違いなく、高校二年生の平均身長には届いているはずだ！

なんて心の中で自己弁護しているうちに、コンクリートの角ぼったい建物が見えてくる。オレらが通っている青陵《せいりょう》高校の校舎だ。満開の桜が咲《さ》き誇る並木道を抜《ぬ》けると、今度は校門から校舎の入り口にかけて、ずらっと生徒が整列して道を作っていた。

一種異様な光景だが、入学式からもう四日連続して見てるので、さすがに慣れた。整列者たちの視線が、オレたち、というよりサヤ姉に集中する。オレは次にくる衝撃《しょうげき》に備えて身構える。

「「「おはようございます。生徒会長!!」」」

数十人、いやさ百人近い人間が一斉《いっせい》に頭を下げての唱和。ビリビリと大気が震《ふる》える。音が衝撃波《しょうげきは》となって身体を叩きつけてくる。

「うん、おはよう」

それが当然とばかりの態度で手を挙げ、サヤ姉が校門をくぐる。オレがその後に続くと、嫉妬《しっと》まじりの険呑《けんのん》な視線が突《つ》き刺《さ》さってくる。こ、こええ。

彼らは『ＳＳＳ《スリーエス》』、サヤ（Ｓ）様（Ｓ）親衛隊（Ｓ）の皆《みな》さんだ。ファンクラブなんて生易しいものではなく、サヤ姉を『神』として崇《あが》める狂信者《きょうしんしゃ》どもである。

オレにとっては身近すぎていまいち実感がわかないのだが、サヤ姉は世界にもその名を知られた『超天才《ちょうてんさい》』だったりする。この若さにして、いくつもの特許を取得しており、学会でも斬新《ざんしん》な論文を発表している。

誇張抜《こちょうぬ》きで、サヤ姉はまさに『日本の誇り』なのである。それでこの容姿だからな。人を惹きつけないほうがおかしい。

昨年、一年生にして支持率九八%という圧勝で生徒会長に就任し、今や先生すら上回る絶大な権力を持って我が校に君臨する『女帝《じょてい》』。それこそが我が従姉、サヤ姉こと高尾沙耶だった。

唯一《ゆいいつ》、胸だけはないんだけどな。

「へぶっ!」

唐突《とうとつ》に左頬《ほお》に疾る衝撃。まったく見えなかったが、サヤ姉がやったのは間違《まちが》いない。

そうだった。忘れていた。この人、さらに喧嘩《けんか》まで鬼《おに》みたいに強いんだよ。

おそらく今のは、スピード重視の音速の左『ギャラクティカ・サヤ・ファントム』だろう。家で食《く》らったのは、破壊力《はかいりょく》重視の必殺の右『ギャラクティカ・サヤ・マグナム』だ。

「いきなり何すんだよ?」

ヒリヒリと痛む頬を押《お》さえつつ、オレは横でつーんとすましているサヤ姉を睨みつける。

「さっきの顔は、失礼なこと考えていた顔だった」

「ぐっ」

オレは言葉に詰《つ》まる。

事実だけに反論はできないけど、推測で人を殴るってのはどうよ? 事あるごとに、すぐポカポカガスガスと人を殴りやがって。オレが馬鹿《ばか》なのは、絶対サヤ姉のせいだ。

「あ……」

ザッ
ザッ

ふと、視界を影《かげ》がよぎった。

オレの頭の中を占《し》めていたマイナス感情が、跡形《あとかた》もなく霧散《むさん》する。暖かくて、せつなくて、甘《あま》い。そんな想《おも》いが胸を埋《う》め尽《つ》くす。

昨日と同じように思考と視線が、ある一点に奪《うば》われる。

「おはようございます！」

駆《よ》け寄り元気よく挨拶すると、観田《かんだ》先輩《せんぱい》は目をパチクリとさせた。昨日のクールビューティな感じもいいけれど、こういう顔も実にプリチーだ。

いやあ、起《お》き抜けからサヤ姉と殺伐《さつばつ》なやり取りしてたから、なんか心が癒《いや》されるわぁ。

先輩は驚《おどろ》いた顔から一転、今度は怪訝《けげん》そうに顔をしかめてオレを見た。

「おはよう。君は昨日の……。わたしの事、まだ聞いてないの？」

「いえ、聞きましたよ。ラプラス、でしたっけ？」

にっこりと即答《そくとう》するオレに、先輩はますます不審《ふしん》そうに眉《まゆ》をひそめた。

「なら、わかるでしょ。わたしに近づかないで。不幸になりたいの？」

「先輩に近づくと、不幸になるんですか？」

「……君、わたしの噂《うわさ》、聞いたのよね？」

「ええ、『絶対不可避《ふかひ》の不吉《ふきつ》を告げる魔女《まじょ》』でしたっけ？　先輩から不吉を告げられた人の数、生徒会が確認できただけで三四名。うち死者一名、重傷者四名、残りは軽傷、不吉を回避《かいひ》できた人の数……ゼロ」

まるで昨日の晩飯のメニューを答えるかのように、オレはすらすらとそらんじる。

昨日サヤ姉から教えてもらった、彼女《かのじょ》の周りで不幸を被《こうむ》った人の数。「観田明日香《あすか》には近づくな」と言われた理由。

そしてオレが、『観田先輩は不幸をまき散らす魔女ではない』と確信できた物的証拠《しょうこ》。

「知ってるんならっ」

オレの態度に苛立《いらだ》ったのか、先輩は少し声を荒《あら》げる。

でも、オレはそんなことまったく気にせずに、最も聞きたかった事を口にする。

「観田先輩、その人に不幸になって欲《ほ》しくて、不吉を告げてたんですか？」

「そんなわけないじゃない」

「そっかぁ。やっぱり」

打てば返すような先輩の答えに、オレはにへら～っと笑《え》みを浮かべる。

「なに？　気味悪いわね」

「オレ、不吉な予言ってこの一年、耳にタコができるぐらい聞いてたんですよ。前半分は部活のマネージャーから、『そんなんじゃ全国大会いけないわよ！』って。後ろ半分は勉強見てくれた従姉に、『そんな調子であたしと同じ高校に行けると思ってんの⁉』って」

「君の話なんて聞いてないんだけど」

強く発せられる拒絶《きょぜつ》の言葉。

でもオレはやっぱりそれを無視して話を続ける。

「その二人が、オレのことを想って、そんな事になって欲しくなくて、そう言ってくれてたんだってことがわからないほど、オレは馬鹿じゃありませんよ」

そう、不吉な予言ってのは、相手への呪詛《じゅそ》でなければ、相手のことを想った忠告に他《ほか》ならないのだ。

「だから、先輩は善い人です」

「〜〜〜〜〜〜！」

オレが力強く断言すると、先輩は顔を真っ赤にしてぷいっとそっぽを向いてしまった。

照れてる先輩も可愛《かわい》いなぁ。

昨日はテンパってて気が回らなかったけど、改めてよく見ると、白と赤を基調とした制服が清楚《せいそ》な雰囲気《ふんいき》の先輩にとてもよく似合っていた。うちの学校の制服は、この近辺ではそれ目当てで入学を決める女子がいるほど可愛いと評判なのだが、まるでこの人のためだけに仕立てたかのように思えるほどだ。

制服としては結構短めのスカートと、黒のニーソックスの間から覗《のぞ》く太ももがなんとも眩《まぶ》しい。あれ、でも、なんか忘れて……

「かぁぁぁぁぼぉぉぉぉ？」

「いたたたたたたっ!!」

耳！　耳に激痛がぁっ！　ちぎれるちぎれるっ！

「なにしやがる、こんちくしょうっ！」

耳を引っ張る手を乱暴に払《はら》って振り向《む》くと、鬼気迫《ききせま》るような満面の笑みを浮かべたサヤ姉がいた。……あれ？『鬼気迫る』と『満面の笑み』ってなんか矛盾《むじゅん》してない？　なぜそんなのが同居してる？

「ずいぶんと仲がおよろしいよ・う・でっ！」

「ひいいいいい」

背筋を幾重《いくえ》にも悪寒《おかん》が駆け巡《めぐ》る。全身に圧し掛《か》かってくるプレッシャーに思わず息が詰まった。な、なぜにこの方はこれほどまでに激怒《げきど》されてるんですか？

「昨日、この娘《こ》には近づくなって言わなかった？　あたし」

「そ、その件は話し合って納得してくれたはずだろ!?」

腰《こし》が引けつつも、オレはなんとか強弁する。サヤ姉は頭が良いだけに、理屈さえ通っていれば説得は容易だ。昨日、それを説明して渋々《しぶしぶ》ながらも納得してくれたはずなのに、それを忘れるなんてサヤ姉らしくない。

思いだしたのか、サヤ姉は一瞬《いっしゅん》怯《ひる》むも、

「やっぱりダメ、見てたらイライラするからダメ、ムカムカするからダメ、とにかく何がなんでもダメったらダメっ！」

な、なんだ、その感情的な理由は⁉　いくらなんでも理不尽《りふじん》すぎだろ！　いつもの理路整然さはどうした⁉

「あんたも！　カー坊に近づいたらダメだからねっ！」

ぐいっとオレを抱《だ》き寄せ、サヤ姉がガルルルと番犬のごとく先輩をけん制する。

男なら本来嬉《うれ》しいシチュエーションのはずなのに、

……なんで硬いかなぁ、感触《かんしょく》。一応、外見的には申し訳程度に膨《ふく》らみがあったはずなんだけど、それすら虚《きょ》乳だったのだろうか。だとすれば切なすぎる……。

「クスクスクス」

鈴《すず》を転がすような笑い声が聞こえて振り向く。

先輩が口元に手を当ておかしそうに身体を震わせていた。

「君も隅《すみ》に置けないなぁ。こんな綺麗な彼女がいながらわたしに告白してくるなんて。一時の気の迷いってことにしといてあげるから、生徒会長を大事にしてあげて」

オレとサヤ姉を交互《こうご》に見て、観田先輩は言う。

「え、え、え？　彼女？　あたしが？　やっぱりそう見え……」

「はっはっはっは。せんぱーい。その冗談面白《じょうだんおもしろ》くないですよ〜。このひとが彼女なわけないじゃないですかぁ。こぉんな乱暴で横暴で貧乳な……」

「ふん!!」

「ひでぶ!?」

ああ……ひいばあちゃん、また逢《あ》ったね……今そっちに……

「だからやべえだろ、それはっ！」

オレは慌《あわ》てて目を見開く。すぐ目の前にはアスファルトの地面があった。

身体も心も一発昇天《しょうてん》。相変わらずパネェぜ、ギャラクティカ・サヤ・マグナム！

オレはよろよろと起き上がろうとするも、

「おほほほ、観田さんってば、ほんと冗談がお上手ねぇ。あたしがこんな冴《さ》えないヤツ、彼氏《かれし》にするはずないでしょ」

サヤ姉がオレの後頭部を踏《ふ》み、容赦《ようしゃ》なくぐりぐりしてくる。

あんたは鬼かっ。

「そ、そう？」

ほら、先輩も引いてるしっ！

「こいつはあたしの弟分よ。ええ、出来の悪い弟分！　それ以上でも以下でもないわ！」

ぐりぐりぐりぐりぐりぐりぐり。

いていていていてっ！　アスファルトがっ、アスファルトがおでこにこすれる！

「ちょっ、いい加減にっ！」

「きゃっ、上向くな。この覗き魔《ま》！」

がすがすがすがすがす。

今度は蹴《け》りの嵐《あらし》。り、理不尽だ。

「わかりました。わかりましたから！　その辺にしといてあげないと、その子、死んじゃいますよ」

慌てて止めに入ってくれる先輩は、やっぱり善い人です、うん。おかげでなんとかかんとかオレは立ちあがり、かぶりを振る。

「はあ、まったくひでえ目にあった」

ふくれっ面《つら》をしてそっぽを向いている従姉に、これ見よがしにぼやく。あ〜ほんとにクラクラする。少しは手加減しろってんだ。

「自業自得《じごうじとく》。君が悪いよ。一方的に」

「そうよ、カー坊が悪い。絶対的に」

「えっ⁉　オレだけが悪いの？」

「もう少し乙女心《おとめごころ》ってやつを勉強するべきね、君は」

「うぐぁ」

意中の人からそんな駄目《だめ》だしを食らうと、さすがにちょっとへこむ。

男のハートだってけっこう繊細《せんさい》なんすよぉ、せんぱーい。

そんなオレの落ち込みようを見て、先輩はまたくすくすと笑ってから、ふっと昨日の憂《うれ》いを帯びた瞳をして、

「彼氏彼女《かれしかのじょ》はおいといて、生徒会長は君にとって大切なお姉さんみたいなものなんでしょう？　わたしの側にいたら、不幸に巻き込んじゃうよ？」

と、聞き分けのない子供に言い聞かせるように言った。

やんわりとした、しかし、はっきりとした『拒絶』。このひとは、自分が不幸をまき散らす存在だと信じ切っているのだ。だから自分の周りから人を遠ざけようとする。

傷つけたくないから。とても優《やさ》しくて、そして、可哀想《かわいそう》な人。

「先輩の近くにいたって、別に不幸になんかなりはしませんよ」

だから、オレは強く言い切る。

「そう言ってくれるのは嬉しいけど、ね。さっき君が言った通り、わたしの周りではもう何十人も怪我《けが》してるの。中には死んだ人もいる。それが、現実……」

「ええ、それが現実です。そんな数字じゃ不幸をまき散らしてるなんてとても言えません」

「え？」

「オレが中学三年の時だけで、軽傷を負ったヤツなんかのべ百人は超《こ》えてます。ふざけた拍子《ひょうし》に教室の窓から落っこちて生死をさまよう重傷を負ったヤツ、高いところから飛び降《お》りて足の骨折ったヤツ、バスケットボール取り損《そこ》なって指の骨折ったヤツ、どてっ腹にサッカーボール食らって内臓痛めて入院したヤツ、走っただけで股関節脱臼《こかんせつだっきゅう》して入院したおバカなヤツもいましたね。ほら、これで重傷者だって五名ですよ。ああ、ひいばあちゃんもガンで亡《な》くなったな。九四歳《さい》の大往生。ほら、オレは先輩より周りに不幸をまき散らす人間になっちゃいましたよ？」

早口で捲《まく》し立《た》てオレがにっこり笑いかけると、先輩は呆気《あっけ》にとられてぽかんとしていた。

そう、単なる言葉のマジックなのだ。『観田明日香の周りで三〇人以上の怪我人が出ている』と、言われれば、確かに先輩が不幸をまき散らしているようにも思える。

実際、サヤ姉はこのトリックに見事にはまっていた。でも、数百人という生徒が共同生活をして、運動して、ふざけあって、部活動に打ち込んで、周りで誰一人《だれひとり》怪我もせず学生生活を終えられる人なんて、絶対にいやしないのだ。

その程度の数の怪我人がいて、むしろ当たり前、自然と言える。

それだけの数の予言を的中させた『予知能力じみた力』は驚異的《きょういてき》と言うしかないけれど、先輩に不幸をまき散らす力がない事は確かだ。

我に返った先輩は少し考え込んで、

「ぷっ、くくく」

と、口元に手を当てて、笑いをこらえるそぶりを見せる。だが、我慢《がまん》できなかったようで、やがてダムが決壊《けっかい》したかのように大声で笑い始めた。

それはもう楽しそうに。腹を抱《かか》えて、目に涙《なみだ》まで浮かべて。そんなにおかしいこと言ったかなぁ、オレ？

「ふふふ、おもしろい。君は本当におもしろいね。ふふ、君ならあるいは、悪魔《あくま》の手の内から抜け出せるのかもしれないね」

物騒《ぶっそう》な単語に、オレは少し顔をしかめる。

「もしかして悪魔のような極悪人《ごくあくにん》に脅迫《きょうはく》されているとか？」

オレがそう訊《き》くと、先輩はきょとんと目を丸くして、それからまた爆笑《ばくしょう》する。

「あはははは。そ、そんなことは一切《いっさい》ないから。クスクス、心配してくれてありがと」

礼を告げて、先輩はじろじろとオレの顔を覗き込んできた。

「あの、なにか？」

一目惚《ひとめぼ》れした人に間近に迫《せま》られて、オレの血圧は一気に跳《は》ね上《あ》がっていた。直視していられなくて、思わず目をそらす。

「ふふ、ここ最近はまったくないけれど、うん、わたしに交際を申し込んできた中では君は一番いいね。もうダントツ。だから、君に特別にチャンスをあげる」

「チャンス……ですか？」

「ひとつ課題を出すわ。君がもしそれを成《な》し遂《と》げられたら、わたしは君の彼女でも猫耳《ねこ》メイドでも牝奴隷《めすどれい》でも、もう何にでもなってあげる」

「……あんた、いったいどんな告白したのよ？」

サヤ姉がジト目で睨《にら》んでくる。

誤解だ！　濡《ぬ》れ衣《ぎぬ》だっ！　だからそこで拳《こぶし》を握《にぎ》りしめないでっ！

「いえ、あの、後ろ二つはちょっと遠慮《えんりょ》したいです。あと、そんな課題の結果じゃなくて、きちんと先輩に好きになってもらいたいです」

好きでもないのに付き合ってもらっても、嬉しくない。……いや、まあ、こんな美人さんとにゃんにゃんできたら、そりゃめちゃくちゃ嬉しいに決まっているんだけどさ。

オレも、まあ、思春期の男の子ですから、そっちのほうも興味あったりするし。

「ふふ、なかなか男らしいね。心配しないで。君が達成できたら、間違いなくわたしは君にメロメロの恋《こい》の奴隷になってるよ」

「できれば奴隷から離《はな》れてほしいんですがっ！」

後ろの従姉の殺気が膨れ上がるんで。

「さて、その課題の内容だけど」

あっさりスルーされた⁉　先輩、もしかして、さっきオレがスルーしまくったの密《ひそ》かに根に持ってる？

「今日の昼休み、君が学生食堂に一歩も足を踏み入れないこと、よ」

「…………えと、それだけ……ですか？」

どんな難題を出されるのかと構えていたら、あまりといえばあまりに簡単すぎる内容に、オレは拍子《ひょうし》抜《ぬ》けしてしまう。

「うん、それだけ。もちろんわたしは君の行動に関与《かんよ》しないし、他の誰《だれ》かを使って邪魔《じゃま》するとかもしない。どう、できる？」

「できるに決まってるじゃないですかっ！」

オレは力いっぱいうなずく。

なんだ、先輩もオレと付き合いたかったんだな、ほんとは♪

さっきの受け答えは、よほど先輩の琴線《きんせん》に触《ふ》れたらしい。照《て》れ隠《かく》しでこんなことを言うなんて、ちょっとイメージ変わるけど、それはそれで可愛いよなぁ、うん。

「ああ、それから、わたしの事は名字じゃなくて名前で呼んで。名字で呼ばれるのは好きじゃないの」

おおっ、名前で呼ぶ許可まででっ！

これはやっぱり、本当にもしかするともしかするんじゃないかっ⁉

「じゃあ、頑張《がんば》ってね。期待はしていないから」

観田先輩、もとい明日香先輩はニコッと透《す》き通《とお》るような微笑《ほほえ》みを残して、校舎へと去って行く。

うわあ、やっぱり先輩、美人すぎるよなぁ……………………………

……………………って、はっ、思わずトリップしてしまった。

慌ててきょろきょろと辺りを見回すも、先輩の姿はすでになく、サヤ姉がものすっごく真っ白な目でオレを見つめていた。

「伝達事項《じこう》は以上だ」

クラス担任の堀田《ほった》先生は、出席簿《しゅっせきぼ》でトントンと机を叩《たた》きながら朝のホームルームの終わりを告げ、教室から去っていった。

途端《とたん》、教室内はガヤガヤと喧噪《けんそう》に包まれる。一時限目の準備をする生徒、近くの席の人間と談笑《だんしょう》にふける生徒、尿意《にょうい》でも催《もよお》したのか慌ただしく教室を出て行く生徒もいる。日直の生徒が、面倒《めんどう》くさそうに黒板を消していた。

オレはと言えば、自分の机に頬杖《ほおづえ》をつきながら、ニヤニヤしていた。

そりゃそうだろ、先輩はもうオーケーしてくれたようなもんだし！

さっそく今度の休みには先輩をデートに誘《さそ》おうっと。やっぱり清楚な先輩には白のワンピースとかが似合いそうだよなぁ。ああっ……その可憐《かれん》なお姿を想像するだけで胸がドキドキしてくるぜ。

「いつもよりボロボロなわりには、幸せそうだな」

前の席に座《すわ》っていた男子が、興味深そうにオレの顔を覗き込んでいた。

「ついにMに目覚めたか？」

「ちゃうわ！」

「ちっ、サヤさんに殴《なぐ》られるなんて、全校生徒でもおまえしか賜《たまわ》れない栄誉《えいよ》だというのに、その意味がまだわからんとは、このバチアタリめっ！」

「そんな栄誉、ノシつけててめえにくれてやる！」

「もらえるもんなら、是非《ぜひ》とももらいたいわぁ！」

血涙《けつるい》流してまで主張することかよ……。

この変態の名は小沢信司《おざわしんじ》。オレの中学時代からの悪友だ。そして今のやりとりからもわかるように、サヤ姉にベタ惚《ぼ》れしてる人間の一人だ。

長身痩躯《そうく》のスマートな身体に甘いマスク、成績も優秀《ゆうしゅう》、スポーツ万能《ばんのう》とまさに女にモテる為《ため》に生れてきたような男だが、惜《お》しむらくはこいつの目にはサヤ姉しか映っていないということだ。

元々オレに近づいてきたのも、オレがサヤ姉の弟分だから、将を射んとすればまず馬からという腹づもりだったらしい。

まあ、きっかけはきっかけ、今はウマが合うからつるんでるんだけどな。

「しかも見たぞ！　今朝、サヤさんにハグされてたじゃねえかっ！」

「そんないいもんじゃないぞ。硬かったし」

聞かれてたらまたマグナムだな、と心の中で呟《つぶや》き、戦慄《せんりつ》する。

「か～っ、あの良さがわからんとは嘆《なげ》かわしい。永遠の少女とも言うべきサヤさんの完成されたスタイルに、胸などという余分なものはいらんということがまだわからんのか⁉」

「それ、サヤ姉の前では絶対言わないほうがいいぞ？」

ちょろっと口にしただけでキレる、サヤ姉のコンプレックスだからな。前にあの人の部屋にお邪魔したとき、本棚《ほんだな》にバストアップ関連の本がずらっと並んでたし。

「くそっ、その感触、オレにもわけやがれ！」

「ぎゃあああっ！　抱きついてくるんじゃねえ！」

すりすりするなぁ！　匂《にお》いかぐな！

ぐ、ぐああ、あまりのおぞましさに鳥肌《とりはだ》がっ！

「いい加減にしやがれっ！　気持ち悪いんだよ！」

オレは信司の腹を蹴《け》り飛《と》ばし、なんとかさば折りから脱出して距離《きょり》を取る。

うわぁぁ、身震《みぶる》いがとまらねえっ。

「むっ、すまん、つい我を忘れて……」

「頼《たの》むぜ、ほんとに」

とりあえず危機は去ったと、オレは安堵《あんど》の息を吐《は》く。いくら信司が美形とは言え、男に抱きつかれて喜ぶ趣味《しゅみ》はオレにはない。

正気に返ってくれたのならなによりだ。

「だが後悔《こうかい》はしていない！」

「おまえもかいっ！」

オレは手近にあった国語の教科書を信司の顔に投げつけた。どうやらこいつとは友達としての距離を少し考え直したほうがいいかもしれない。

「サヤさんの残《のこ》り香《が》も堪能《たんのう》できたことだし話を戻《もど》すが、じゃあなんで幸せそうな顔してたんだ？」

平然と当たり前のようにサラリと言うな！

変態の相手は、本当に疲《つか》れるっ！　しかし、誰かに聞いて欲しかったところだし、仕方ないからこいつで手を打っておこう。

「いやぁ、彼女、できそうでさ」

テレテレと、オレは頭をかく。

「なっ⁉　つ、ついにサヤさんと……そうか……」

ひどくショックを受けた顔で、ふらりとよろめく信司。

「しゅ、祝福……するぞ。サ、サヤさんが幸せなら、オレは……」

「なんでそこでサヤ姉が出てくる？」

「む？　ち、違《ちが》うのか⁉　オレはてっきり……」

「サヤ姉は従姉《いとこ》だろうが。二年の観田明日香先輩だよ」

「……知らない名だな」

　信司は少し考えて、そう呟く。どうやら入学四日目じゃ、まだ『ラプラス』の噂は一年にまで浸透《しんとう》していないらしい。

「ああ、もしかして校門近くでおまえが話していたあの綺麗《きれい》な人のことか？」

「うん、その人。今日、学食に足を踏み入れなければ、彼女になってくれるらしいんだ」

「はあ？　なんだ、その条件は？」

　おでこにシワを寄せ、信司は訝《いぶか》しむ。まあ、確かに変な条件だよなぁ。

「照れ隠しだとオレは思ってるんだけどな」

「まあ、その程度ならもう達成したも同然だな。しかし、そうなると、むう……」

　口元に手を当てて、信司は渋面《じゅうめん》をつくる。

「なんだよ？」

「いや、おまえの幸せはもちろん喜んでやりたいが、サヤさんのことを思うと……」

「だからさっきからなんでサヤ姉が……」

　出てくるんだ、と言いかけたところで、信司のポケットから最近流行《はや》りのJポップが流れて、すぐに止《や》む。これって確か、永遠の愛をテーマにした曲だったっけ。

「サヤさんからのメールだ」

信司がオレを手で制しつつ、慌てた様子で携帯《けいたい》を取り出す。オレの友人として、ちゃっかりサヤ姉に顔を売り込んでるあたり、如才《じょさい》ないヤツだと心底思う。

サヤ姉、そいつのことよほど信用しない限り、メルアドとか教えたりしないからな。実際、オレの友人の中でも、知ってるのこいつぐらいだし。

……なんでこんな変態、信用したんだろう？

「サヤ姉、なんだって？」

「見るな、これはサヤさんからオレへのメールだっ！　おまえには見せん！」

ひょいっと覗きこもうとしたオレの顔を、ガシッと手で覆《おお》う信司。

なんでそこまでオレに対抗《たいこう》意識を燃やす？　オレはサヤ姉の弟分で、恋人《こいびと》じゃないぜ？

「わかったよ」

オレはやれやれと自分の机を直しにかかりつつ、チラリと何とか読み取ることができた一文を思い出す。

『コードネーム『ゴリラ』への参加要請《ようせい》』

……サヤ姉、あんた何やらかすつもりだ？

「む、むむ、やはりもう手を打ってきたか……」

額に脂汗《あぶらあせ》を滲《にじ》ませ、携帯を睨みつけていた信司が、チラリとオレに目を向ける。

「なんだよ？」

「いや……」

信司はすぐに視線をそらし、携帯を胸に抱いて思い詰《つ》めた顔をする。

「オレは身も心もサヤさんに捧《ささ》げたのだ。もうこの手はすでに汚《よご》れている。たとえ地獄《じごく》に、いや畜生道《ちくしょうどう》に落ちようとも、オレは今回も使命を全《まっと》うしてみせる！」

おいおい、ずいぶんと穏《おだ》やかじゃないな。それでも実行しようってんだから、本当にサヤ姉を崇拝《すうはい》、いや盲信《もうしん》してやがるなぁ、信司のヤツ。

まあ、こいつだけじゃないんだけどな。大人たちが勝手に決めたルールに従わざるを得ないオレたちの年頃《としごろ》にとって、その圧倒的《あっとうてき》能力によって大人たちを簡単にやりこめ自由奔放《じゆうほんぽう》に振《ふ》る舞《ま》う我《わ》が従姉は、神聖視したくなるほどに憧《あこが》れてしまうものなのかもしれない。

オレ？　オレは生まれた時から、『大人』じゃなくて『女帝《じょてい》』が勝手に決めたルールの中で生きてきた人間だぜ？

「おまえと同じクラスでよかったよ」

信司はオレの肩《かた》を叩き、やけに眩しい笑顔《えがお》でそう言った。

「よーし、昼休みだ！」

授業の終了《しゅうりょう》を告げるチャイムとともに、オレは両手を突《つ》き上げ、身体を伸《の》ばす。

ついに決戦の時が来た。

うちの家は両親共働きで、弁当なんて作ってくれる人はいない。当然、ここ数日のオレの昼の補給線は学食で、そこに行けないのは厳しい。惣菜《そうざい》パンを取《と》り扱《あつか》ってる売店も学食内だ。また下校時間までに学外に出ることは校則で固く禁止され、見回りをしている教師もいて見つかると厳罰《げんばつ》に処せられるらしい。入学早々、問題児として先公に目をつけられるのは避《さ》けたいところだ。

オレも育ち盛りの男子。しかも五時限目は体育、授業内容はサッカーだ。昼食を抜《ぬ》いてはとても放課後までもたない。

だが、心配御無用《ごむよう》。オレには心の友がいる。事情は今朝がた話してあるし、快くパシッてくれるはずだ。

「ってあれ？　あいつどこ行ったんだ？」

チャイムが鳴るまでちゃんと座っていたはずなのに、ほんの一瞬《いっしゅん》、目を離した隙《すき》に影《かげ》も形も消えてしまっている。トイレでも我慢していたのだろうか。まあ、なら少し待てば戻ってくるだろう。

机に頬杖をついて、ぼ～っと教室の入り口を眺《なが》めていると、ふっと影がオレの視界をふさぐ。信司が戻ってきたのか、とオレは顔を上げ、思わず目を見開いた。

「よ～、久しぶりだな！」

そこにいたのは信司とは似ても似つかぬ、大男だった。いるというより、もうなんかそびえ立っていた感じだ。

オレは慌てて立ち上がりガバッと頭を下げる。

「剛田《ごうだ》さん、お久しぶりッス！」

「がはは、そうかしこまるな」

剛田さんは豪快《ごうかい》に笑いながら、オレの背中をバァンと叩いた。

彼《かれ》にとっては軽くしたつもりなのだろうけど、オレは前のめりによろめく。相変わらずの馬鹿力《ばかぢから》だ。

この人は、オレが中学時代に所属していた空手部の二つ上の先輩《せんぱい》で、当時の主将だ。

中学三年間敵なしの無敗、高校に入ってからもそれは続き、ついには昨年、高校生ながらK1デビューし、目下三連勝中というお茶の間にも知られ始めた天才格闘家《かくとうか》だ。

身長は一九〇センチぐらいだろうか。オレの知っている時よりさらに一〇センチぐらい高い（羨《うらや》ましい）。がっしりとした骨格に分厚い筋肉、胸元《むなもと》や袖口《そでぐち》から覗《のぞ》く体毛、野性味を帯びた顔立ちは、本人を前にしては口が裂《さ》けても言えないが、ゴリラを連想させる。

「まったく、うちに来たなら挨拶《あいさつ》ぐらい来んか」

「うあっ、すみません！」

慌てて、オレは再度頭を下げる。剛田さんはけっこうオレの事を気にいってくれたようで、けっこう目をかけてくれていたのだ。

わけあって、高校では空手部に入るつもりはないのだけど、世話になった人だし、顔ぐらい見せておくべきだったよなぁ。反省。

「がはは。まあいいさ」

特に気にしていたわけでもないようで、剛田さんは笑って許してくれた。豪快な人柄《ひとがら》に変わりはないようだ。

「それより久しぶりに飯でも一緒《いっしょ》に食わんか？」

「え？」

「入学祝だ。奢《おご》ってやろう。なに、最近はファイトマネーもあって金は有り余ってるんだ」

あっ、なんかすっげーやな予感……

「さあ、学食に行くぞ」

「やっぱりぃぃぃ！」

思わず両手で顔を挟《はさ》んで、ムンクの叫《さけ》び状態になるオレ。

「ん？　どうしたぁ？」

「え、えっと……」

剛田さんの問いかけに、オレは言葉に詰まる。

おのれ、運命の神よ、そこまでオレの邪魔をしたいのかっ！

だが、オレは負けない。丹田《たんでん》の辺りにぐっと力を溜《た》め、毅然《きぜん》と言い放つ。

「あの、その、今日は、えっと、約束が……」

後半になるにつれどんどん尻《しり》すぼみになっていく。

うわ〜ん、しゃあねえだろ！　運動部というものは、全国共通で年功序列の縦社会なんだよ！　特にオレが所属していた部はその傾向《けいこう》が強くて、骨の髄《ずい》まで「先輩への絶対服従」を叩きこまれたもんだ。

しかも目の前にいるのは、伝説的偉業《いぎょう》を成し、かつ世話になった先輩。

これがまだすげー理不尽《りふじん》な命令ならともかく、純粋《じゅんすい》な厚意《こうい》からくるお誘いなんだぞ!?

こ、断りにくい！　すっげー断りにくいっつーの!!

「約束ぅ？」

　ジロリと少々目つきを険しくして、剛田さんがオレを見下ろしてくる。

　ううっ、こえぇよぉぉぉ。

「はい、その、先約が、ありまして……」

「………その先約ってのは……女だな」

「へ？　えっと、まあ」

「却下《きやっか》だ。てめえ、オレにだって彼女《かのじょ》がいねえってのに、ずいぶんいい御身分《ごみぶん》だなぁ？」

「はわわっ！　しまったぁ！」

　オレは慌《あわ》てて自分の口を手でふさぎ、自分の失態を悔《く》いる。直に会うのは二年ぶりですっかり忘れていた。

　剛田さんは、なんというか、その、モテない。

　空手の全中三連覇《れんぱ》という輝《かがや》かしいステータスがあったにもかかわらず、モテない。

　本人は喉《のど》から手が出るほど彼女を欲《ほ》しがっているというのに、ひたすらモテない。

　女子曰《いわ》く「毛深すぎて気持ち悪い」「壊《こわ》されそう」「野性味まではいいけどあそこまで獣《けもの》じみてるとちょっと……」らしい。

　というわけで『剛田さんの前では女の話は厳禁』というのが部内での暗黙《あんもく》の了解《りょうかい》だった。

プロデビューし、お茶の間の脚光《きゃっこう》を浴びた今もなお、それが続いていたとは……。

「なあ、後輩《こうはい》？」

がしっと両肩《りょうかた》を掴《つか》まれる。ぎりぎりと、こめられた力はまさに万力のようで、まるで身動きがとれない。

肉食獣《にくしょくじゅう》のような笑《え》みを浮《う》かべて、剛田さんが死刑《しけい》宣告のごとくのたまう。

「女よりも、先輩のお誘いが優先、だよなぁ？」

「先輩。チャンスを。オレにもう一度だけチャンスをぉおぉ！」

敷物《しきもの》を広げて、ちょこんと座っていた明日香先輩を見つけるなり、オレは泣きつくようにそう訴《うった》えた。

雲の合間から春の陽光が柔《やわ》らかくオレ達を照らしていた。四月とは言え、風はまだ肌寒《はださむ》い。遮蔽《しゃへい》物の少ない屋上ともなれば尚更《なおさら》だ。

先輩は箸《はし》を口元にあててきょとんとオレを見つめ（うわ〜すげえかわいい！）、ついでクスクスと笑う。

「その様子だとやっぱり駄目だったみたいね」

「頑張ったんです。全身全霊《ぜんしんぜんれい》をもって学食から離れようとしたんですっ！」

オレは身振《みぶ》り手振りをまじえて、事の次第《しだい》を説明する。

抵抗《ていこう》はした。抵抗はしたのだ。それはもう力の限り。しかし、文明に堕落《だらく》した現代人のオレが、先祖返りで野性の力を取り戻した類人猿《るいじんえん》相手に敵《かな》うはずもない（暴言）。

結局、肩にかつがれて無理やり学食に連行され、オレは奢ってもらったカツ丼《どん》を前にハラハラと涙することになったのだった。

と、話を終えたオレが目にしたのは、口元を押《お》さえ、目に涙を浮かべながらプルプルと震《ふる》えている先輩の姿だった。

「そ、それで、ぷ、ぷぷ、急いでわたしのところに、くくっ、来たわけね」

先輩はところどころで吹《ふ》き出しながら、苦しそうに言う。

よっぽどツボにはまったらしい。第一印象からは想像もつかなかったけど、このひと、実はかなりの笑い上戸なんじゃ……？

「ふふふっ、学食に行くことになるのはわかっていたけど、まさかそんなコントみたいな展開になっていたとはね」

「わかっていた？」

妙《みょう》な言い回しだった。そう言えば先輩はさっきも「やっぱり」って、まるでオレが失敗

することをすでに知っていたかのような……。

「数まで調べ上げた君のことだし、すでに予想はついているんじゃない？」

先輩は試《ため》すような視線をオレに向けてきた。

「……えっと、先輩は、予知能力のようなものがあるんですか？」

言葉を濁《にご》しても仕方がない、とオレは直球ど真ん中勝負を挑《いど》む。

先輩は特に気を悪くした風もなくうなずいて、

「正解。より正確には、わたしは予知夢を視てしまうの。そして、わたしが夢で視た未来は、何があろうと絶対に実現してしまう。夢に出てきた本人が、全力でその未来を拒否《きよひ》しようとしても、ね」

「……それは身をもって思い知りました」

オレはがっくりと肩を落とす。くうう、数時間前の自分が恥《は》ずかしいっ！

つまり、オレはからかわれていたのだ。弄《もてあそ》ばれていたのだ！

「……先輩って、意外と意地悪だったんですね」

オレが恨《うら》みがましい視線を向けると、先輩はふっと憂《うれ》いを帯びた笑みを浮かべて、

「そんな目で見ないで欲しいな。君が失敗するのはわかってはいたけれど、君が成功することを心から願っていたのも本当よ」

「……どういうことです？」

「パンドラの箱の話、知ってる？」

オレの問いに、先輩はそんな突拍子《とつぴようし》もない問いで返してきた。

不審《ふしん》に思いつつも、記憶《きおく》の引き出しから情報を引っ張り出す。確か……ギリシア神話に出てくる有名な話だよな。

「えっと、この世の全《すべ》ての災厄《さいやく》を封《ふう》じ込めた箱があって、それをパンドラと言う女性が誤って開けてしまい、災厄は世界中に飛び散ってしまう。驚《おどろ》いたパンドラが慌てて蓋《ふた》を閉じたので、『希望』だけは何とか箱の中に残った。だから、オレたちの世界には恨みとか悲しみとか死とか病気とかが溢《あふ》れているんだけれど、それでも希望だけは残っているから生きていけるんだ、みたいな話でしたよね？」

小学生の頃《ころ》に、図書室で読んだうろ覚えの内容を口にする。

「おおむね正解。でもその話、どこか矛盾《むじゅん》してない？」

「矛盾……ですか？」

もう一度、話の内容を頭の中で反芻《はんすう》してみるけれど、思い浮かばない。

降参とばかりにオレが両手を挙げると、先輩はピンと人差し指を立てて、

「災厄が箱から飛び出して行ったから、今の世界は苦しみが溢れている。でも、希望は箱

の中でしょう？」

「あっ、なるほど。世界には希望がないことになりますね」

確かに矛盾してるよなぁ。オレは少し考えて、

「あれじゃないですか。ほら、希望が残る、とか言うじゃないですか。『箱に残った』とそれをかけたんじゃ」

ちょっと苦しすぎるなぁ、と心の中で自分に突っ込む。

「面白《おもしろ》い意見だけど、違うわ。正解はね、箱の中に残っていたのは『希望』なんておめでたい代物《しろもの》じゃなくて、やっぱり紛《まぎ》れもない災厄でしかなかったの。それもとびっきりのね」

「それは……？」

鬼気迫《ききせま》る先輩の話っぷりに引き込まれ、オレはゴクッと唾《つば》を呑《の》み込む。

「箱の中に残っていたのは『予兆《よちょう》』。未来を知る力よ」

「それって……」

思いがけない答えに、オレは先輩の顔を凝視《ぎょうし》する。

それはまさしく先輩の持つ力そのもので……

「未来を知らないから、人間は将来に『希望』を持って生きていけるってこと、ね」

先輩の心をさいなめている『絶望』だったのだ。

昼休みを告げるチャイムが鳴《な》り響《ひび》く。

彼は、机にぐったりとうつ伏《ぶ》せていた。いつもの彼ならすぐさま立ち上がり、教室から走り去ってしまうというのに、この日の彼はまったく身動きしようとしなかった。

しばらくしてドタダッと重々しい音とともに現れた剛田《ごうだ》さんが、椅子《いす》に座ったままの彼を不審そうに眺めた後、いつもと同じように肩にかついでのしのしと教室から去っていく。

その間も彼はまったく抵抗しようとせず、為《な》すがままだった。彼もついに諦《あきら》めたということか。一カ月、色々と無茶《むちゃ》をやっていたようだけど……。

突拍子もなくて、騒《さわ》がしい日々。

長いようでいて、短かった日々。

それももう……終わる。近いうちに、彼はわたしの傍《そば》から離《はな》れていくだろう。またいつもの日常に、戻るのだ。

静かで、退屈《たいくつ》な、あの独りの日々に。

それを「寂《さび》しい」と感じる自分が、とてもあさましく思えた。

「いまいち想像がつかないって顔してるわね」

心を見透《みす》かすような言葉に、オレはギクッと身体をこわばらせた。

そんなオレの様子を見て、明日香先輩《あすかせんぱい》はいつものあの憂いを帯びた瞳《ひとみ》をする。

キ～ンコ～ンカ～ンコ～ンキ～ンコ～ンカ～ンコ～ン。

昼休みの終わりを告げる予鈴《よれい》が鳴り響く。先輩は弁当箱をしまい、敷物《しきもの》を折りたたんで立ち上がった。

「じゃあ……ね」

その言葉はまるで完全なる離別《りべつ》を告げたかのようで、

「あのっ……」

オレは思わず言い訳を口にしかけて、何を言えばいいのかわからなくて口をつぐむ。

白状してしまうと、オレには過去何度か、「未来がわかればいいのに」なんて考えたことがある。

具体的には、入試直後。是非《ぜひ》、受験結果を知りたかった！

サヤ姉や信司《しんじ》のいるこの高校にどうしても入りたかったから、ここしか受験しなかったんだけど、受かるかどうかの瀬戸際《せとぎわ》にいたからなぁ、オレ……。

本発表までの二週間、飯も喉を通らなかったほど悶《もだ》え続けたものだ。そんな時、考えてしまうのだ。今すぐ未来へ飛んで、「結果」が知りたい、と。

他にももっと下世話なことを言えば、宝くじの当選番号を知りたい、とか。

でも多分、それはオレだけじゃなくて、大抵《たいてい》の人は一度ぐらいこういうことを考えたことがあるんじゃないかと思う。未来を知るというのはそれぐらい甘美《かんび》な魅力《みりょく》に溢れている。

安易にそれを口にしなかったのは、他でもないそれが出来る先輩の、さっきの瞳を思い出したからだった。

「気にしないで。気持ちはわかる、とか下手な同情されるよりよっぽどマシだから」

達観した物言いだった。その割に表情はとても寂しそうで、先輩の複雑な心境が垣間見《かいまみ》えた。

そんな顔、させたくないのに……。オレには先輩の苦しみがわからない。

もどかしさに、唇《くちびる》を噛《か》むことしか、出来ない。

「君は本当に、可愛いね」

先輩の手が伸びて、くしゃっとオレの頭を優《やさ》しく撫《な》でた。

「先輩⁉」

ボッと顔が熱くなるのを感じた。オレは慌てて先輩から飛び離れると、顔を押さえてうつむく。

うわ、ぜってー、今、オレ、顔が真っ赤だ。こんな顔を先輩に見せられねえよ！

「あら、どうしたの？」

クスクスと先輩が笑みを零《こぼ》す。

ちくしょう、気づかれてる。気づかれてるよ、これ。恥ずかしいし、子供扱いされてるみたいで癪《しゃく》だし、色々気に入らないけれど……

あんな瞳をされるよりは、笑ってくれたほうが、嬉《うれ》しい。くそっ、これが惚《ほ》れた弱みってやつか。

「なんでもありませんよ」

せめてもの抵抗で、そっぽを向いてぶっきらぼうに言う。

「ねえ、君、マンガとか読むほう？」

「はあ、まあ、けっこう好きですよ。特に海賊《かいぞく》のやつとか大好きっすね」

「なら、その君の大好きなマンガの続き、まだ君は見ていなかったのに、友達から教えられたらどう思う？」

「処刑《しょけい》しますね。問答無用でっ」

顔をしかめて、オレは断言する。

オレはネタばれされるのもするのも大っ嫌《きら》いなタチだ。初めて読む時の、あのドキドキワクワク感を削《けず》り取る、あまりにもったいない所業だと確信している。

どんなに面白いマンガだって、続き・結末を知っている二度目と、何も知らない初めての時とでは、その面白さは後者が圧倒的に勝《まさ》る。

そこまで考えて、脳裏《のうり》に確信にも似た閃《ひらめ》きが生まれた。

「ああ、そっか。先輩は、自分の視た未来を変えたいんですね」

「変えられるものなら……ね」

先輩はふっと遠くを見つめた。

ようやくオレは先輩の苦しみに、少しだけ触《ふ》れられたような気がした。何も知らないからこそ、そこには新鮮《しんせん》さがあって、驚きがあって、感動がある。既知《きち》のものに、あの鮮烈《せんれつ》なインパクトはない。

よくよく考えれば、受験後二週間もやきもきしたから、受かった時のカタルシスが生まれたのだ。あの二週間がなければ、感動は半減していたかもしれない。

もしくは、努力をする前に自分が合格することを知っていたら……努力の末に掴み取った時ほどの喜びを、オレは得られただろうか。

そんな風に、喜びも悲しみも常に色あせてしか感じられないとしたら……。

次第に心が知覚を無くしていくような、そんな恐怖《きょうふ》を覚えた。だからこそ先輩は、自分の視た予知夢が絶対ではないという確かな実感が欲しいのだろう。

おそらく、先輩自身、何度も何度も『運命』に立ち向かったに違いない。そしてその度に打ちのめされ、苦渋《くじゅう》を舐《な》めてきたのだ。

半ば諦めかけ、それでも一縷《いちる》の望みにもすがる、そんな心境なのかもしれない。

オレはぐっと拳《こぶし》を力いっぱい握《にぎ》りしめる。

「先輩、オレが未来を変えてみせますっ！」


ふと、先輩と出会った翌日のことを思い出していた。

あの宣言からもう、早一ヶ月ちょっとか。

先輩は事あるごとに
「未来を変えることが出来たら君にわたしの全てを捧げて、あ・げ・る♡」

なんて思春期男子にとって、これ以上ないほどに魅惑的《みわくてき》なことを口にするのだけれど、状況《じょうきょう》ははなはだかんばしくない。

なぜか先輩の視る夢は、『オレが昼休みに学食で食べている』という初日にやったのと同一のものが大半だったりする。

二度ほど、誰《だれ》かが怪我《けが》をした夢を視たのだけれど、何故《なぜ》かその誰かを、先輩は頑《かたく》なに教えてくれなかった。「嫌いなヤツだから変えたくない」だとか。

なのに、翌日には「またラプラスが不吉《ふきつ》を告げてその通りになったみたいだぞ」って噂《うわさ》が広がってたりして、いまいち先輩は何を考えているのかよくわからない。

結果、オレのチャレンジは、「いかにして昼休み、学食に足を踏《ふ》み入《い》れずにいられるか」にほぼ限定されている次第だ。

そしてそのことごとくが、剛田さんの介入《かいにゅう》によって無理やり実現させられていた。オレがどこに逃《に》げようと隠《かく》れようと、その野性の嗅覚《きゅうかく》で必ず見つけ出してしまうのだ。

剛田さん、オレが最初に不用意に「女」とか言ってしまったせいで、もう意地になってるよなぁ。

だが、そんな苦闘《くとう》の日々も今日で終わりだ。

今日こそ、今日こそは……オレは予知を覆《くつがえ》す！

昨晩、頭から煙《けむり》が出るほどに考えに考え抜いた。そしてある結論に至った。

オレは、逃げていた。

運命を変えると言いながら、オレはただ逃げたり隠れたりしているだけだった。

それはあまりに消極的すぎやしないだろうか。

やはり運命というものは、逃げるのではなく立ち向かわなければならないのだ！

本気で運命を変えたいならば、剛田さんがオレの邪魔《じゃま》をしないよう、より能動的なアクションをオレは起こすべきだったのだ。

力ずくではまず敵わない。かと言って、言葉での説得も難しい。

じゃあ、どうすればいいのか。

オレは閃いた。閃いてしまったのだ。

「なあ、サヤ姉、頼《たの》みがある！」

いつものように朝のお迎《むか》えに来たサヤ姉に、オレは挨拶もそっちのけに詰め寄《よ》った。

「な、なによいきなり？」

オレの剣幕《けんまく》にサヤ姉がちょっと怯《ひる》む。

いかんいかん、ちょっと興奮しすぎだったか。

「サヤ姉にしか、頼めないことなんだ」

オレは真摯《しんし》に姉貴分の瞳を見つめた。

「へ～、あ、あたしだけなんだ？」

サヤ姉が気を良くしたのか顔をほころばす。

ふと、昔は色々と浮名《うきな》を流した親父《おやじ》が、「女はオンリーワンが大好きだぞ」とか言っていたのを思い出す。ここは少しご機嫌《きげん》を取っておいたほうがいいだろう。

「ああ、サヤ姉にしか頼めないことなんだ」

あえて言葉を繰《く》り返《かえ》した。

「ふ、ふ〜ん、しょ、しょうがないわね。聞くだけ聞いてあげるわよ。言ってみなさい」

「今日の昼休み、剛田さんを中庭に誘《さそ》ってほしいんだ」

「はあ？　そんなのあんたが誘えばいいじゃない」

「いや、オレは中庭行かないから」

「…………どういうこと？」

サヤ姉が小首を傾《かし》げる。

オレは一度咳払《せきばら》いして、

「だから、サヤ姉と剛田さんの二人で、中庭に行って欲しいんだ」

どうだ！　この惚《ほ》れ惚《ぼ》れするほどに完璧《かんぺき》なる作戦はっ!!

性格に多少の難があるとは言え、暴力癖《ぐせ》がひどいとは言え、胸がないとは言え、見た目だけならサヤ姉は超絶《ちょうぜつ》美少女なのだ。妖精《ようせい》なのだ。学園のアイドルなのだっ！

そんな女の子と二人っきりで食事!!

そう、二人っきりで、だ。ここ重要な。この魅惑的な餌《えさ》に、あの剛田さんが引っかからないはずがないっ！

「…………つまり、あたしに、あの、ゴリラに、『今日の昼休み、中庭でお食事しませんか？ふ・た・り・で♪』……なんて言え、と？」

一言一言、噛み締《し》めるように、言葉を発するサヤ姉。そのこめかみには青筋が立ち、ぴくぴくと痙攣《けいれん》している。

まあ、当然の反応だよな。だが、何とか承諾《しょうだく》してもらわなくては。オレって親しい女友達いないから、こんなこと頼めるの、サヤ姉ぐらいなんだよなぁ。

「『こいつ、オレに気があるんじゃね？』とか勘違《かんちが》いされたらどうすんのよっ！」

バンッと下駄箱《げたばこ》を叩《たた》いて激昂する従姉《いとこ》に、

「そこをなんとか‼」

オレは両手を合わせて拝み込む。

「今日だけ、今日だけだから。誤解を解くのはオレも手伝うから。だから、お願いっ！」

おでこが膝《ひざ》につきそうな勢いで頭を下げる。

しばらくそうしていると、サヤ姉の口から呆《あき》れとも諦めともとれる溜息《ためいき》が漏《も》れた。長い付き合いだ。オレがどれだけ本気か感じとってくれたのだろう。

「ねえ、カー坊。あたしが他の男の子と二人っきりでお食事しても、ほんとにいいの？

他の男の子と、その、いちゃいちゃしてて、いいの？」

恐《おそ》ろしく深刻で、どこか寂しさを含《ふく》んだ声。

オレとサヤ姉は物心つく前からの付き合いで、ほとんど姉弟《きょうだい》同然で、学年こそ一つ違《ちが》うけれど、何をするにもいつも一緒だった。

過去を振り返れば、常に隣《となり》にはサヤ姉がいたような気がする。そんなオレですら、彼女のこんな声は聞いたことがなかった。

そう言えばこの一ヶ月、オレは「明日香先輩、明日香先輩」と、あんまりサヤ姉とは遊んでなかったような気がする。

オレとサヤ姉の立場を入れ替《か》えてみる。

サヤ姉に好きな男が出来て、そっちにばかりかまけていたら……。

うん、まるでおいてきぼりにされたようで、寂しい。

常に隣にいた存在が離れていくようで、悲しい。

サヤ姉、態度はまるで変わっていなかったけれど、実は寂しかった？

オレは初めての恋《こい》で周りが見えなくなっていたのかもしれない。もう少しサヤ姉のこともかまってやらないとなぁ。

だが、オレはサヤ姉と違って男だ。そんな自分の感傷だけで、サヤ姉の幸せをぶち壊すような、そんな器《うつわ》の小さい男にはなりたくはない。姉貴分の幸せを笑って喜べるような男でいたい。

剛田さんは見た目こそアレだし、女のこととなると我を無くすところがあるけど、それだけに女の人には優しくするだろうし、あれで普段《ふだん》は気さくだし、面倒見《めんどうみ》も良くて後輩からも慕《した》われてる。何よりすでにプロ格闘家として大金を稼《かせ》いでいる。

大切な姉貴分を任せられる『漢』だと思う。

幼い頃からオレをずっと見守り世話し続けてくれた恩人であり、世界でたった一人しかいない大切な義姉《あね》を、幸せにしてくれると信じられる。

だから、オレはビシッと親指を立ててサヤ姉に笑いかけた。

「心から祝福するぜっ！」

「そう……」

唐突《とうとつ》に膨《ふく》れ上《あ》がった殺気に、ゆらりとサヤ姉の背後の景色が歪《ゆが》む。電線にたむろしていた雀《すずめ》たちが危機を察知し逃げるように一斉《いっせい》に羽ばたいていく。

「ひぃっ！」

全身を駆《か》け巡《めぐ》る震えに、オレは情けない声を上げた。

な、なぜだ!? オレはいったいどこで選択《せんたく》を間違《まちが》えた!?

姉貴分の幸せを何より願う男を演じたつもりだぞ？

サヤ姉はいったい何をここまで怒《おこ》っているんだ⁉

「あんたがあたしのことをどう思っているのか、よぉぉぉぉくわかったわ」

サヤ姉はメキッと固く拳を握りしめ振《ふ》りかぶる。

背中が見えるほどに、めいっぱい身体をねじり込む。

「いっぺん……死んでこぉぉぃ‼」

「あべしっ‼」

そして、オレは星になった。


「あはははははっ！」

敷物の上をゴロゴロと転がりながら、明日香先輩は腹を抱《かか》えて大爆笑《だいばくしょう》していた。

笑いすぎです、先輩。あと足をばたばたさせないでください。さっきからちらちらと見えそうで見えないスカートの奥《おく》が気になって仕方ありません。

一応、オレも男なんだって意識してください。

今日は天気も良く、ボール遊びやバドミントンに興じる生徒たちに、合唱する女生徒たち、学ラン着込んで野太い声をあげる応援団員《おうえんだん》など、屋上は人でごった返していた。

ただ、貯水タンクの周りだけは、ぽっかりと穴が開いたように無人の空間が広がっていた。その中心にいる誰かを避《さ》けるかのように……。

「それで結局、失敗しちゃったわけね」

目元の涙《なみだ》を人差し指で拭《ぬぐ》いながら、先輩《せんぱい》が訊《き》いてくる。朝に先輩から予知夢の内容を聞き、放課後にはこうして屋上で結果報告をするのが最近のオレの日課だった。

「ええ、まあ」

マグナムの倍近い破壊力《はかいりょく》の『ギャラクシアン・サヤ・エクスプロージョン』を食《く》らったオレに、すでに剛田さんに抗《こう》する力など残っているはずもなく、本日はあっさりと学食に連行されてしまったのだった。

「くそう、なぜだ。完璧な作戦だったのにっ！」

むしゃくしゃする想《おも》いを拳に乗せ、アスファルトに打ちつける。

……………痛かった。

「完璧？　かんぺき？　ぷふぅぅぅぅっ！」

何やらまたツボにはまったようで、先輩が思いっきり吹き出す。それだけに飽《あ》き足《た》らず、バンバンとオレの肩《かた》を叩きまくる。

「なんですか？　言いたいことがあるなら遠慮《えんりょ》なく言ってくださいよ」

「君はもっと乙女心《おとめごころ》というものを勉強するべきかな」

　ほんとに遠慮なく言われた!?

　うぐっ。これを言われるの二度目だよ。それだけ野暮《やぼ》な男って思われてんだなぁ、くそ。

「好きでもない男をデートに誘わせるのは、それだけタブーってことなんですね」

「三〇点。やはりもっと勉強が必要かな」

「赤点ッスか」

　オレはがっくりと肩を落とす。

「後学のため、なんでサヤ姉が怒ったのか教えてくれませんか？」

「乙女のな・い・しょ♡」

　恥《はじ》を忍《しの》んでのオレのお願いは、人差し指を唇に当ててお茶目《ちゃめ》に断られてしまう。今までの経験上、こういう時の先輩って意外と頑固《がんこ》で教えてくれないんだよなぁ。

「んじゃ話変えますけど、予知夢の内容、学食以外になりません？」

　諦めて、適当に思いついた話題を振る。ただでさえ『運命』という得体の知れないものと戦うのだ。どうせならあんなデタラメな人が敵に回っていないところで挑戦《ちょうせん》したい。

　個人的には、校内でも噂になっている不吉な夢を覆すってのが、燃えるし、オレの性分《しょうぶん》にも合うんだけどなぁ。

「前に教えたはずよ。視《み》る夢をコントロールすることはできないって」

ぴっと人差し指を立てて、先輩は言った。

「そうでしたね」

オレは再び肩を落とす。

サヤ姉に叩きこまれた勝負事の鉄則「まずは情報収集」に従い、以前、先輩の能力について詳《くわ》しく聞きだしたのだ。それをまとめると、

一、「いつ、どこの夢が視たい」と予知夢をコントロールすることはできない。

一、予知夢が映す未来は、最短で翌朝、最長で一年先とばらつきがある。

一、予知夢の『上映時間』は、五分～一時間程度。

一、予知夢に自分、つまり明日香先輩本人は登場しない。

一、夢の内容を変えようとすれば、《時の強制力》が働き阻止《そし》される。

となる。

最後の《時の強制力》と言うのは、時間を扱《あつか》うSF作品には、わりとポピュラーに出てくる話だろう。

タイムパラドックス、いわゆる『過去に遡《さかのぼ》って自分の親を殺したら、自分は生まれない。

でも自分が生まれなければ親は殺されないから自分は生まれる』という時間移動による矛盾が起きないために、歴史の改変を許さない《力》があるって寸法だ。

そんなのが現実にあるなんて、にわかには信じられないけれど……先輩に不吉を告げられた、三四人。これは高校だけの数字で、先輩は中学の三年間も同様なことをしていたらしい。つまり、不吉を告げられた人の数は、実に百人近い。

おそらくはそのほとんどの人が、注意したり、避けようとしたりしたはずだ。それでも予知夢は現実になってしまった。本来なら簡単に回避《かいひ》できるはずの事（その時間、その場所にいなければいいだけだ）に、百人全員が失敗したことになる。そしてこの一カ月、オレも失敗し続けた。

あきらかに異常だった。先輩が『ラプラス』として、全校生徒から忌《い》み畏《おそ》れられている理由の一つは、間違いなくこれだ。そういう何か得体の知れない《力》でも働いていない限り、説明がつかない。

「わたしだって、夢をコントロールできるものならしたいわよ。その時々で強く興味を持ったものを視てしまうのよ？　ほんと忌々《いまいま》しい」

吐《は》き捨《す》てるように先輩は言う。

楽しみにすればするほど、結果だけ先に知らされて、それが台無しにされるわけか。ほんとたまんないよなぁ。ん？　その時々で強く興味を持った？

「ってことは先輩、オレにけっこう興味持ってくれてるわけですか？」

自分でも顔がにやけてるのがわかった。

先輩はにっこりと微笑《ほほえ》んで、

「うん、君が今度はどこに隠れるのか、毎回楽しみにしているよ」

「ぐっ」

オレは二の句が継《つ》げなくなる。これで少しは慌《あわ》ててくれたりしたら、まだ脈があるとか思えるんだけど。

そんなオレの表情を見て、また先輩はクスクスと笑う。完全に遊ばれてるなぁ。

「君の出てくる夢は、まるでテレビのコントを見ているようで、ほんと飽きないよ。わたし、コント大好きなんだ。特にちょっと古いけどドリフとかＤＶＤ買うぐらい大好き」

「さいですか……ってちょっと待ってください。コントってまさか、オレが剛田さんに追っかけ回されてるところも、夢で視てたりします？」

「そのまさか、だったり」

「ひっでえなぁ」

オレは顔をしかめる。そのことも教えてくれたっていいじゃないか。「昼休み、学食に君がいた」としか聞いてないぞ、いつも。

「これを教えたからって、どうにかなるものでもないでしょ？　というか規定事項《じこう》？」

「それはそうですけど～」

確かにこの一カ月、剛田さんがオレの所にこなかった日は、休日以外にはなかった。しかし、やはり納得《なっとく》いかないものは納得がいかない。

「その意味では、今日のは本当に面白かった。やはり知らないというのはいいね」

先輩はとても感慨《かんがい》深《ぶか》げにほうっと溜息をつく。

それがとても印象的で、オレは思わず問い返す。

「知らない……？」

「わたしはいつも、昼の夢を見てるでしょ」

「ああ、なるほど。今日の作戦の要は、朝でしたね」

先輩の視る未来の上映時間は最長でも一時間程度。昼の夢を視たならば、当然、朝の夢は視ていないことになる。

「そうなの。今日の君は、机にぐた～って寝《ね》そべって剛田さんにもまるで無抵抗《むていこう》で、あら、君もついに諦めたのかなぁって……もう君の話も聞けなくなるのかなぁって……そんなことを考えてたら、これでしょ。本っ当に驚いたし、面白《おもしろ》かった！」

ぱあっと笑顔《えがお》を咲《さ》かせて、先輩は熱っぽく語る。

なぜ先輩が笑い上戸なのか、少しわかった気がした。先輩はちょっと興味を持っただけで、その『先』を夢で視て知らされてしまう。それだけに、知らない事にあまり慣れておらず、普通《ふつう》の人よりも一層新鮮に感じるのだ。

そこまで考えて、オレの頭に閃くものがあった。

「先輩、遊びましょう！」

「？　いきなりなに？」

「先輩はもう今日の夢は視てしまったんでしょ。なら……これからの事は、未知との遭遇《そうぐう》です！」

帰宅する生徒たちの喧噪《けんそう》の中、遠くからは運動部の掛《か》け声《ごえ》がときどき届く。手ですかしながら空を見上げると、まるでオレを祝福してくれるかのように青く澄《す》み渡《わた》っていた。オレは足取りも軽く、そのまま校門へと向かう。

「ふふ、ふふふ」

思わず笑《え》みが漏《も》れる。オレの遊びのお誘いに、なんと先輩は「それもそうね」とあっさり了承《りょうしょう》してくれたのだ。知り合ってから一カ月になるが、こんなことは初めてだった。

男と女が二人で遊びに出掛《でか》ける。これって一応、デート、だよな。

「隣で気持ち悪く笑わないでほしいなぁ」

「うあ、すんません。嬉しくってつい」

先輩がすすすっとオレから距離《きょり》を置き、オレは慌てて言い訳する。今更《いまさら》やめたと言われたらたまらない。

なまじ今、至福に浸《ひた》っているだけに、そこから突《つ》き落《お》とされたりしたら……

ぶるる、想像するだけで恐ろしい。

「そこまで浮《う》かれられると、まあ、女として悪い気はしない、かな」

風に舞《ま》う髪《かみ》を押《お》さえつつ、先輩が小さく微笑む。

それだけでドクンとオレの心臓がひときわ強く脈打つ。先輩の微笑みは本当に反則だ。

「けっ！」

唾《つば》を吐き捨てる不快な音が、そんなオレの気分を台無しにしてくれる。

どこのどいつだっ⁉　極上《ごくじょう》のケーキを食べてる最中にマスタードとうがらしを放《ほう》り込んでくるような不埒《ふらち》な輩《やから》は⁉

目つきを険しくして、ジロジロと辺りを見回すと、犯人はすぐに見つかった。頭を派手に金色に染めた、三白眼《がん》のいかにも不良という風貌《ふうぼう》の男が、憎悪《ぞうお》に暗く燃えた瞳でオレらを睨《にら》んでいる。

オレと視線が合うと、男はもう一度唾《つば》を吐き捨ててその場から立ち去った。

「なんだぁ、あいつ？」

「一年前、わたしが不幸を告げた人、よ。名前は玉野英人《たまのえいと》、一年生ながら野球部のエースに抜擢《ばってき》されて、将来はプロ入り間違いなしと言われていたわ」

「うちの野球部って……確か十年連続甲子園《こうしえん》出場してましたよね」

少なからず、プロ入りして活躍《かつやく》している先輩もいると聞く。そんな名門で、一年生にしてエースか。確かに相当な逸材《いつざい》だな。

「でも肩を壊《こわ》して再起は絶望的。野球しかなかった彼《かれ》の心は荒《すさ》んで、今は見ての通りよ」

悲しそうに、先輩は目を伏《ふ》せた。

「だから先輩を恨《うら》んでるってか⁉　見当違《けんとうちが》いもはなはだしいだろ。先輩はむしろ助けようとして……」

先輩の人差し指が、オレの唇を押しとめ、ただ寂しそうに首を横に振った。

ふと、オレはいくつもの視線が向けられている事に気づく。下校する生徒たちが、脅《おび》え切った目で先輩を見つめていた。その瞳が、「早く帰れよ」「この場からさっさといなくなれ」と告げている。

これが、『ラプラス』……か。みんなからは忌み畏れられ、助けようとした人達からは憎悪される。

それがオレにはとてもいたたまれなくて。オレはまだ、先輩の絶望を打《う》ち砕《くだ》くヒントすら掴《つか》んでいなくて。

自分の無力さが、歯がゆくてたまらない。

「先輩、どこいきましょうか？」

内心の葛藤《かっとう》を押さえて、オレはつとめて明るく訊く。

「君が誘ったんだから、君がエスコートしなきゃ」

先輩も小さく笑って応じてくれた。

むう、お任せか。責任重大だな。とは言え学校帰りにそれほど時間があるわけでもなし。

「う〜ん、じゃあ、ありきたりですけど駅前のゲーセンとかどうッスか？」

少し考えてそう提案すると、

「ゲーセン。いいわね。あたしも久しぶりに行きたいわ」

その声は隣からではなく、すぐ背後からした。

先輩の声ではなくて、しかしすごく聞き覚えがあって、凛《りん》としていて、反射的にビクッとオレの背筋が伸《の》びる。

おそるおそる振り向《む》くと、予想通りの人が傲然《ごうぜん》と腕《うで》を組んで立っていた。

「サ、サヤ姉、生徒会は……？」

まずい人に見られたという思いからか、声がちょっとどもる。サヤ姉、オレが明日香先《せん》輩《ぱい》と接するのを、前以上に反対してるんだよなぁ。

なんでも最近のオレは、『ラプラスの使い魔《ま》』なんて陰口《かげぐち》叩《たた》かれてるみたいで……。一週間前には再び、姉命令なんていう最上級の強権まで発動されたしなぁ。それを突っぱねて心配させている身としては、ちょっとバツが悪い。

「たまにはあたしだって休みたくなるときがあるわよ。で、せっかくだから久しぶりにあんたら誘って遊びに行こうかなってね」

サヤ姉が顎《あご》で校舎のほうを指し示すと、こちらに駆けてくる信司の姿があった。……うん、あいつの邪魔しちゃ悪いよな。お互《たが》いデート頑張《がんば》らないと。

「そっか。楽しんできてね。じゃ」

手を挙げて、ごくごく自然を装《よそお》ってその場を退散しようとしたオレだったが、

「待てい」

がしっと頭をアイアンクローされる。やっぱりそこまで甘《あま》くなかったか。

「『あんたら』って言ったでしょ？」

サヤ姉はにこぉっとまるで獲物《えもの》を見つけた肉食獣《にくしょくじゅう》のような笑みを浮かべた。

サヤ姉がこういう風に笑う時って、ろくなことないんだよなぁ。かと言って下手に逆らえば、さらにドツボにはまるだけだということも、子供の頃《ころ》からの経験で学習済みだ。

この漫画のようなデタラメな人物に、一介《いっかい》の平凡《へいぼん》な学生にすぎないオレが抗《あらが》うなど、無知無謀《むぼう》以外の何物でもないのだけれど……

チラリと、オレは明日香先輩の様子をうかがう。

先輩はオレを、いや、オレたちを、捨てられた子犬のような寂しく不安そうな瞳でじっと見つめていた。

思い返せば、先輩はいつも独りだった。クラスでも、屋上でも。誰も声をかけず、まるで見えていないかのように、空気のように、扱われていた。

それはあのラプラスの噂と、決して無関係ではないのだろう。

だが、先輩だってまだ年端《としは》もいかない少女なのだ。そんなの辛《つら》くないわけがない！

「なあ、サヤ姉。明日香先輩も、連れてっていいよな？」

オレの言葉に、サヤ姉の眉《まゆ》がピクリと動く。

「あんた、あたしに逆らう気？」

低くドスを利かせた声とともに、その小さな身体からは想像もつかない、強烈《きょうれつ》なプレッシャーがオレに圧し掛かってくる。

だが、今は、今だけは引くわけにはいかない。

「……頼むよ」

オレは本気の度合いを伝える為《ため》、じっとサヤ姉の瞳を見つめる。

いまさら先輩を独りで帰せるかよ。それに今日のところは二人っきりよりも、四人のほうがきっと賑《にぎ》やかで、先輩も喜んでくれるような気がした。

しばしの睨みあいの後、サヤ姉はチッという短い舌打ちとともに溜息をつく。

「～～～～まあ、いいわ。可愛《かわい》い弟分の初恋《はつこい》相手だからね。あたし直々に査定してやろうじゃない」

「できるだけ穏便《おんびん》にね、サヤ姉」

なんとかサヤ姉のほうが折れてくれたようで、オレはほっと安堵《あんど》の息を漏らす。

「わたしも一緒《いっしょ》で、いいんですか？」

おずおずと自信なさげに、先輩がサヤ姉に問いかける。あんな瞳をしていたんだ。行きたいはずなのに、校内での噂を自覚して遠慮している。

それがわかってしまって、オレはまた悲しくなる。

「カー坊にあそこまで頼まれたら仕方ないじゃない。一緒に遊んであげるわよ」

サヤ姉はフンと鼻を鳴らし、そっぽを向く。

ははっ、サヤ姉、照れてるし。ただ横暴なだけじゃ、ここまでみんなの信望を集めるなんてできやしない。困ってる人がいたらつい手助けしてしまう、実はそんなけっこう面倒見の良い性格してるのに、本人はそれを認めたがらないんだよなぁ。

いわゆる偽善《ぎぜん》家ならぬ偽悪《ぎあく》家ってやつ？　それがＳＳＳや信司に言わせると、「萌《も》え」らしい。

「ありがとう、生徒会長」

とても嬉《うれ》しそうに微笑んだ先輩が、オレには眩《まぶ》しかった。


「おりゃっっ！」

信司がスマッシャーでパックを打ち込んでくる。

パックは台の壁面《へきめん》で反射して、ガコンッとゴールに吸い込まれていった。特段パックが速かったとか、そういうことはない。だが、オレはそれにまったく反応することもできず、ただただ茫然《ぼうぜん》と立《た》ち尽《つ》くしていた。

「もー、なにぼ～っとしているの？」

先輩がちょっと頬《ほお》を膨らませて、不満げに言ってくる。

「あっ、いや、あの、すみません」

ちょっとだけ心にやましいことがあって、オレは目線を外しつつ言葉を返す。

駅前のゲームセンターに来たオレたちはさっそくいくつかのゲームをプレイし、今はエアホッケーのダブルスで遊んでいた。オレと先輩、信司とサヤ姉という組み分けだ。

「やるからには勝つからね。しっかりしてよ？」

パックを取り出し台に置きつつ先輩。目が本気《まじ》だ。ここに来て初めて知ったのだが、このひと意外と負《ま》けず嫌《ぎら》いなのだ。さっきからゲームで負けるたび、すっごい悔《くや》しそうにしてたし。

まあ、そうやって熱中するのはいいのですが……先輩、台にぐぐっと身を乗り出すその姿勢はちょっと……オレとしてはどうしてもヒップのほうに視線がいくわけで。しかもうちの学校の制服はスカートがけっこう短いわけで。

まあ、なんというか、絶景ですっ！

先輩が動き回るたび、スカートがひらめいたりしてて、もう男としてはパックなんかよりそっちに視線がいくのが当然というか、いかなかったら男じゃないというか。はっきり言えば、パックなんかどうだっていいというか！

「観田《かんだ》さーん、隣で鼻の下伸ばしてるエロ小僧がいるわよー」

「あっ、こらサヤ姉!?　はっ!?」

「ふ～ん？」

スカートを押さえた先輩が振り返り、じと～っとした目でオレを見つめていた。

うわっ、ばれたよ。くそっ、サヤ姉が告げ口なんかするから。

「え、ええっと、その、すみません」

ここは潔《いさぎよ》くさっさと謝《あやま》っておく。実際見惚《みと》れていたのは確かだし、ここで弁解しても余計どつぼにはまるだけだ。

「ふふっ」

先輩の視線がふっと緩《ゆる》んで、楽しそうな笑みが零れた。あれ、あんまり怒ってない？

「まあ、君も思春期の男の子だもんね、仕方ないか。で・も。いい？　そういうのからは目をそらす、もしくは遠回しに教えてあげる。それがマナーよ」

「は、はい。わ、わかりましたっ」

ピッと人差し指を立てる先輩に、直立不動の姿勢でオレは何度もうなずく。先輩が寛大《かんだい》な人でほんと良かった。とはいえ明らかに失点だ。初デートだってのに何してるんだか。

「じゃあ改めて、がんばろう！」

気合を入れ直し、先輩が再びスマッシャーを構える。ちょっともったいない気もしたが、言われた通りオレは先輩からちょっと視線をそらし盤上《ばんじょう》に意識を集中する。

「えいっ！」

先輩が可愛らしい掛け声とともにパックを相手陣地《じんち》へと打ち込み、サッと後ろに下がる。

このゲームセンターにあるエアホッケーは、某番組《ぼうばんぐみ》にあるようなダブルス用の広い台ではなく、あくまでシングルス用だ。よってこれでダブルスをやる場合、こうして前後を交代しながら打ち合うことになる。

先輩の動きに合わせてオレも前へと詰《つ》める。好きな娘《こ》の前でこれ以上無様な姿はさらすわけにはいかない。

ここで良いところを見せて名誉《めいよ》挽回《ばんかい》、汚名《おめい》返上だ！

「ふっ！」

気合一閃《いっせん》、サヤ姉が思いっきりパックを打ち返してくる。

同時にふわっとひらめくスカート。

おっ、今ちょっと黒いのが――

ガコン、ガシャン！

「あっ……」

またしてもあっけなくゴールを決められてしまうオレ。

おそるおそる後ろを振り返ると、

「ふ～ん、なるほどなるほどぉ」

さっきとは打って変わって薄《うす》ら寒《さむ》い微笑みを浮かべた先輩がいた。ひぃぃっ、なんかめちゃくちゃ怖《こわ》いんですけど！

「いったいどこを見ていたのかな～、き・み・は？」

じとぉぉぉぉぉぉぉぉ。

イタイ、先輩、その見下げ果てた視線がマジ痛いっす！

「隣に女の子がいるのに他の娘にうつつを抜《ぬ》かすって、すっごく失礼だと思うなー」

「すみませんすみません！」

もうひたすら平謝《ひらあやま》りするしかないオレである。

さらに名誉返上、汚名挽回してどうする、オレは！　穴があったら入りたいとはまさにこういう時のことを言うのだろう。

「あらあら、カー坊ったら今度はあたしに見惚れちゃってたの～？」

対面ではサヤ姉がニヤニヤと底意地の悪い顔を浮かべている。

なに火に油を注いでいるんだよ、あんた⁉

あああ⁉　なんか先輩の視線の温度がさらに急激に下がったようなっ！　もはや絶対零《れい》度《ど》⁉　バックにはもうブリザードが吹雪《ふぶ》いている気さえしますよ⁉

「次見惚れていたら……嫌《きら》いになっちゃうからね？」

絶対絶命のピンチ⁉

……そう、ピンチには違いないんだけど。

一方でオレは口元が緩むのを抑《おさ》えられなかった。

だって、頬を膨らませた先輩は、それでいて、とっても楽しそうだったんだから。

どうにかこうにかエアホッケーを無事乗り切り（そこには本能と理性の苛《か》烈《れつ》なせめぎ合いがあったとだけ記しておく）、オレがトイレから戻《もど》ってみると、先輩がむずかしい顔をして、プリクラの筐体《きょうたい》を見つめていた。

どうしたんだろう？　なんかその眼差《まなざ》しが、鬼気《きき》迫《せま》るとさえ言えるほど真剣《しんけん》そのものなんですけど。

サヤ姉と信司は格闘《かくとう》ゲームで対戦している。二人とも集中しているようで、先輩の様子にはまるで気づいていない。えーっと、これは……千載一遇《せんざいいちぐう》のチャンス？

「せーんぱい、今日の記念にこれ一緒に撮《と》りましょう」

「えっ⁉」

オレが後ろから肩を叩くと、先輩はびくくっと身体をすくませながら振り返り、オレの顔をみるや、

「えええええっ⁉」

と、悲鳴をあげて、ずざざっと脱兎《だっと》のごとくオレから距離を取るじゃありませんか。

手を置いた姿勢のまま、思わず固まるオレ。

……いや、あの、すっげー傷つくんですけど。周囲からの、「このセクハラ野郎《やろう》がっ！」って視線も地味に痛いし。

「すみません、そんなに驚《おどろ》くとは思わなくて」

「い、いや、べ、べつに、謝らなくてもいいんだけど……その、これ、撮るの？」

おそるおそるという風に、先輩がプリクラを指差して言う。いったい何をそんなにキョドっているんだろう？

「ええ、まあ、先輩さえよければ」

「急にそんなこと言われても……と、撮りたいけどぉ、だ、誰《だれ》かとプリクラ撮るなんて初めてだし、そ、それがいき

なり男の子と二人でなんて心の準備が……。ふ、普通に笑えるかしら。なんかすっごい変な顔しちゃうかも。で、でも、偉《えら》そうにお姉さんぶってて、今更そんなことになったら恥《は》ずかしすぎるよぉ。ど、どうしよどうしよぉ」

「どうかしたんです、先輩？」

なんかぶつぶつと呟《つぶや》いているんだけど、小さすぎて全然聞き取れない。ただすっごい思《おも》い悩《なや》んでるっぽいのだけはわかる。

まあ、まだオレは彼氏《かれし》ってわけじゃないし、やっぱり二人っきりで写るのには抵抗《ていこう》があるのかな。そりゃオレとしてはやっぱり二人っきりの写真が欲《ほ》しいんだけど、ここは先輩の気持ちを尊重するべきだろう。

「あ、もちろん、サヤ姉と信司も加えての四人で、ですよ？」

「えっ!? そ、そう、なの？　な、なんだ、そっか……」

先輩が大きく溜息《ためいき》をつく。あれ？　先輩、残念そうじゃね？

これはもしかして？

オレはゴクリと唾を飲み込んで、思い切って誘《さそ》いの言葉を口にする。

「先輩、二人で……撮ります？」

「あ、あああ、えと、そっ、それはそのっ……」

きょろきょろと視線をあっちこっちにさまよわせつつ、先輩の口から漏れるのは、まるで要領を得ない言葉のみ。

う～ん、夢見すぎだったのかなぁ。先輩がオレと二人っきりで撮りたいとか思ってくれてるなんて、やっぱり自意識過剰《かじよう》もいいところだよなぁ。さっきのエアホッケーだって見せたのは変なとこばっかり。冷静に考えれば、いったいどこにオレの株が上がる要素があったというのか。

優《やさ》しい先輩の事だ。本当は嫌《いや》なんだけど、オレが傷つかないよう言葉を選んでくれてたんだろうなぁ。あ～、なんか地味にへこむ。

「じゃあ、あたしと二人で撮るわよ、カー坊」

そんな声とともに、いきなり凄《すご》い力で腕が引っ張られた。誰によるものかは言うまでもない。いつの間にやら信司との対戦を終えたらしい。画面を見ると、中央に大きく「PERFECT！」の文字が躍《おど》っている。さすがだった。

「そうね。なんか今日はハートをいっぱい散りばめたのを取りたい気分ね！」

「なぁっ⁉」

ど、どこの世界に義理とはいえ姉とそんなハートキャッチなプリクラ撮るヤツがいるって言うんだよ！　こっ恥《ぱ》ずかしすぎるわ！

「あのなぁ、サヤね……えっ⁉」

文句を言おうとした矢先、サヤ姉に掴まれたのとは逆の手がぐいっと引っ張られる。振り向くと、先輩がオレの腕をぎゅっと抱《だ》き締《し》めていて、キッとサヤ姉を睨みつけ真っ赤な顔で叫《さけ》ぶ。

「わ、わたしが先約ですから！」

「……ほお？」

ちかちかと七色の光が明滅《めいめつ》する中、陰《いん》と陽《よう》、まさに対極とも言うべき二人の美少女が不可視の火花を散らし始める。

二人とも顔は笑顔なのだが、妙《みょう》な緊迫《きんぱく》感が漂《ただよ》っていた。二人の背後に龍《りゅう》とか虎《とら》とかが見えるのは、果たしてオレの気のせいなのだろうか。

「カー坊、とーぜん、あんたはあたしを選ぶのよね？」

「あれ？　わたしを誘ったのは君だったような気がするなぁ」

「あんた、あたしに逆らったらどうなるか、わかってるわよね？」

「誘った女の子を放っておくなんて、男の子失格だよ？」

えーっと、出来ればオレに話を振らないでほしいんですが。

つーかそもそも、いったいどうしてオレはこんな修羅《しゅら》場《ば》に追い込まれているんだ⁉

「「で……どうするの？」」

なぜそこだけ仲良くハモりますか⁉　そして強烈に目と雰囲気《ふんいき》で圧力をかけてこないでほしいです。正直、さっきから身体の震《ふる》えが止まりません。

もちろん、オレとしては先輩と撮りたい。しかし、サヤ姉も物心つく前から何度となくお世話になってる大恩人なのだ。この人がいなかったら、今のオレはいなかったと言っても過言ではない。あまり無下には出来ないし、したくない。

ゲーセンに先輩の同行を許してもらう件では折れてもらったし、今度はオレが折れる番だろう。朝も思ったけど、この一月というもの、あまりサヤ姉にかまってあげられなかったしなぁ。なんだかんだでけっこう寂《さび》しがりな人だし。よし。

「先輩、済みませんが、一回目はオレ、サヤ姉と……」

「……そっか。わたし、二番目なんだ。うん、いいよ二番目で」

そっと視線を斜《なな》め下《した》に向けて、寂しそうにつぶやく先輩。二番二番と強調して連呼されると、さすがに罪悪感が津波《つなみ》のごとく押し寄《よ》せてくる。

や、やっぱり、告白しておいて、従姉《いとこ》とは言え他の女の子を優先するというのは凄い失礼だよな、うん。

くるりとオレはサヤ姉のほうを振り返《かえ》る。

「えっとサヤ姉、悪いけ……」

「あら、季節外れの蚊《か》かしら」

ごおっ！　背筋の凍《こお》るような風切り音とともに、オレの頬をサヤ姉の拳《こぶし》がかすめていく。

これまで食らったものとは比べ物にならない、とんでもない破壊力を秘《ひ》めた一撃《いちげき》であることが、音だけではっきりとわかった。

こ、これがサヤ姉の全力……！　い、今のに比べたら、これまでオレが食らってきた攻《こう》撃《げき》などまさに児戯《じぎ》に等しかった。こ、こんなの、いくらオレでも死……

「ああ、ごめん。今なにか言った？　よく聞こえなかったからもう一度言ってくれる？」

拳を鳴らしながら、それはもう満面の笑みを浮かべて問いかけてくるサヤ姉。

「え……えと……」

ぶわっとオレの顔面から汗《あせ》が噴《ふ》き出《だ》し、だらだらと流れ落ちていく。

さすがにまだこの年で死にたくねえッス！

だけど……オレにいったいどないしろっちゅーんじゃあっ!?

何か、何かいい手はないか、とオレは視線をさまよわせ、ふっと信司と視線が合う。

そ、そう言えば、この場にはもう一人いたじゃないか。世渡《よわた》り上手なこいつなら、なんとかしてくれるに違《ちが》いない。一縷《いちる》の望みにすがるように、オレは信司に「助けてくれ」とアイコンタクトを送る。頼《たの》む、気づいてくれ。

信司は口《くち》の端《はし》を吊《つ》り上《あ》げ、実にさわやかな笑顔でグッと親指を立ててくれた。

よし、どうやらオレのＳＯＳが通じたらしい。さすがは親友だぜ。変態とか言ってて本当に悪かった。やっぱりなんだかんだで一番頼《たよ》りになるのはお前だよなっ！

これからも一生、オレの友達でいてくれ。

すうっと信司はその親指を持ち上げていき――

「リア充《じゅう》が。地獄《じごく》を楽しみなっ！」

自らの首をかき切って、勢いよく下に落とした。

…………。

親指立てたのってそういう意味かよ⁉　オレの期待を返しやがれ。ぬか喜びさせやがって！　おまえ、目と頭が腐《くさ》ってるだろ。ようやくこぎつけた憧《あこが》れの先輩との初プリクラを従姉《いとこ》に邪魔《じゃま》されるって、どう考えたって非リア充以外の何者でもねえだろうが。

だというのに信司は妙に冷めた目でオレを見つめ、次にサヤ姉を見つめ、続いて先輩を見つめ、最後にまたオレに視線を戻して、「けっ！」とやさぐれたように吐き捨てる。

……どうやらこいつの助けは期待するだけ無駄《むだ》なようだった。

「ほら、どっちと組むのかさっさと決めなさい」

「そうそう、早く決めてね」

しかし、オレの危機は一向に続いているわけで。

どうする、どうする⁉

そ、そうだっ！

「え、えと、四人で撮りましょう！　四人で来てるんだし、誰かを仲間外れにするなんてよくないです、うん！」

「「四人～～～⁉」」

ああっ⁉　なんか二人の白けた視線が身体に突き刺《さ》さる。しかも、なんかまた同時に溜《ため》息《いき》なんかついてるし！

なに、オレ、そんなに変なこと言った⁉

個人的にはまさに起死回生と言える良案だったんですけどっ！

「意気地《いくじ》なし」

「へたれ」

「優柔不断《ゆうじゅうふだん》」

「意志薄弱《いしはくじゃく》」

先輩とサヤ姉が、交互《こうご》にオレをけなしてくる。

決めさせてくれなかったのあんたたちだよねぇ⁉

とはさすがに口に出しては言えず、オレは黙《だま》ってその不名誉《ふめいよ》な称号《しょうごう》を受け入れるしかなかったのだった。

「なんでかしら？　ゲームセンターに来たことは何度だってあるのに、こんなに楽しかったのは初めてよ！」

帰宅する学生たちが散見される駅のバスターミナル。まだ興奮冷めやらぬという感じで、先輩は頬を上気させていた。その胸には、オレが取ってあげた猫《ねこ》のぬいぐるみが大事そうに抱かれている。鞄《かばん》の中に四人で撮ったプリクラの写真が丁寧《ていねい》に仕舞《しま》われたところも、オレはしっかりと見ていた。

そんな先輩がとても微笑ましくて可愛くて、オレは笑う。

「カンタンですよ」

「へえ。自信ありげね？」

「ええ。独りで遊ぶよりみんなで遊ぶほうが楽しいに決まってるじゃないですか」

「ああ、そっか。そういうこと、か」

幼稚《ようち》園《えん》児でも知っているような事に、先輩はまるで今初めて気づいたみたいに呟く。

先輩にこの能力を与《あた》えた『運命の悪魔《あくま》』とやらは本当に残酷《ざんこく》だと思う。

強く興味を抱いた事の『先』を見てしまう。運動会、文化祭、部活、遠足……苦楽を共にした仲間たちと、先輩は喜びや悲しみを分かち合うことができないのだ。

既知《きち》であるだけに、その感情は色あせていて、みんなと一体になることは、ない。常に先輩は人の輪から離《はな》れたところでポツンと立っていて、独りぼっちだ。

「またみんなで一緒に遊びましょう」

オレがそう言うと、先輩は驚いたように目を見開いて、ついで花が咲いたような可憐《かれん》な微笑みを浮かべた。

「ええ、きっとよ！　…………約束」

おずおずと先輩が小指を差し出してきた。

「はい、約束です」

オレはそこに自分の小指をからませる。

手を二度上下させたところで、無粋《ぶすい》にも先輩の乗るバスが来た。名残惜《なごりお》しくて仕方なかったけれど、オレは指を離す。

「またね」

先輩は小さく手を振《ふ》って、乗車階段を上る。席についてからも、窓からオレたちに向けて手を振ってくれていた。

　ブザーが鳴ってドアが閉まり、クラクションを鳴らしてバスが出発する。

　オレはバスが見えなくなるまでずっと手を振り続けて、

「ぐふぉぉあっ！」

　唐突《とうとつ》に左脇腹《わきばら》を襲《おそ》った激痛に悶絶《もんぜつ》絶倒《ぜっとう》する。

　見れば我《わ》が腹部に突き刺さった肘《ひじ》。

「な～にが『またみんなで一緒に遊びましょう』よ。気障《きざ》ったらしいっ！　あたしはあの娘とまた遊ぶなんて言った覚えないわよ？　勝手なことしないでほしいわね。カー坊のくせに生意気なっ」

　た……たかだかそれぐらいの事で、脇腹に肘はねえんじゃねえか、おい？　絶対カルシウム足りてねえぞ。この女ジャイ○ンめ。

「ま、でも……どこにでもいる普通の娘よね」

　走り去ったバスのほうを見やりつつ、サヤ姉がボソリと呟く。

　これまで先輩《せんぱい》との事を反対していたサヤ姉の言葉だけに、オレは我が事のように嬉しくなった。

「そうだろそうだろ？　そもそも不吉《ふきつ》を告げるってのも、何とかそれを防ぎたいって気持ちからだし、ほんとは優しい人なんだよ。いつも独りでいるような人じゃないんだよ。サヤ姉ならわかってくれると思ってたさ。あっ、そうだ。サヤ姉からもさ、みんなの誤解が解けるよう力をか……」

「ふんっ！」

夢中になって捲《まく》し立てていたところに、サヤ姉の打ち下ろしの右が、オレの顎をかするように打ち抜く。

瞬間《しゅんかん》、全身を『痺《しび》れ』が駆け抜けた。まるで数千数万の蟻《あり》が全身を這《は》いまわっているかのようだった。そして、地面がせり上がってくるという驚天動地《きょうてんどうち》の事態にオレは目を向く。

「がっ⁉」

アスファルトが、激しくオレの全身を打ち叩《たた》く。

な……なんだったんだ……今のは……⁉　おいおい、しかも意識はあるのに身体がまったく動かないんですけど⁉

「あ～まだむしゃくしゃするわ」

ゲシゲシゲシゲシゲシゲシ。

いたたたたたた、さらに追い打ち⁉　あんたは人の皮を被《かぶ》った悪魔か⁉　もうちっと女の自覚持てよっ！　嫁《よめ》の貰《もら》い手《て》に苦労するぞ、マジでっ！

「このっ、このっ、このっ」

ゲシゲシゲシゲシゲシゲシ。

ちょっ、まっ、野次馬《やじうま》のみなさぁぁん！　おまわりさん！　おまわりさん呼んでっ。いじめの現行犯ですっ！

って、なんで誰も助けてくれないの⁉

「けっ、こんなところでいちゃつきやがって」

「さっきは別の清楚《せいそ》な美少女とも、仲よさそうに手を振り合ってたぞ」

「二股《ふたまた》か⁉」

「サイテー！　女の敵ね」

なぜにオレが悪い事になってるの⁉

この世には神も仏もいないのか⁉

「はあ、すっとした」

いい運動したとばかりに、さわやかにサヤ姉。

「あ～あ～、ほんとこいつは馬鹿《ばか》だねえ」

呆《あき》れたような、憐《あわ》れむような信司の声が降《ふ》ってくる。

「ほんと……どうしようもない、バカッ、ね」

間違《まちが》っている。何かが激しく間違っているぞ！　だが、反論する気力さえ、今のオレにはもはや残っていなかった。

友達は選ばなきゃな。つくづく、そう思った。


「真面目《まじめ》な話、あたしが何とかするのは無理ね」

家への帰路を歩きながら、サヤ姉は言った。

夕日は西の空をオレンジ色に染め上げ、オレら三人の影《かげ》を長く伸ばしている。閑静《かんせい》な住宅街は、最近の少子化を反映してか、オレら以外に人影《ひとかげ》らしきものは見当たらなかった。

「なんでだよ？」

ちょっとカチンときて、オレの声に険が混じる。

「いくらあたしでも人の心は操《あやつ》れないわ。だいたいあたしが変に気に掛けたら、嫉妬《しっと》からいじめに走るヤツも出てくるわよ、たぶん」

「……あ～、けっこう過激なのもいるもんなぁ、ＳＳＳ」

信司が自転車を引きながら、思い出したように言う。

「まあ、ラプラスいじめようなんて勇気ある人間は、そうそういないとは思うけど」

くくっとサヤ姉は意地悪く笑う。

「あ〜、それ。そのラプラスってどういう意味なんだ？」

ふと思い出したように聞く。まあ、どうせ西欧《せいおう》の伝説に登場する魔女《まじょ》か悪魔の名前だったりするんだろうな。忌々《いまいま》しくて自分から調べる気にはなれないけど。

サヤ姉なら知ってるだろうし、世間話のタネにはちょうどいいだろう。

「一八世紀後半から一九世紀初めにかけて活躍《かつやく》した、偉大《いだい》な数学者の名前よ」

「いや、別に歴史上の人物を聞いてるわけじゃなくて……」

「彼は自著でこう述べたわ。『もしもある瞬間における全《すべ》ての物質の力学的状態と力を知ることができ、かつもしもそれらのデータを解析《かいせき》できるだけの能力の知性が存在するとすれば、この知性にとっては、不確実なことは何もなくなり、その目には未来も全て見えているであろう』」

すらすらとサヤ姉はそらんじて見せる。

オレは目をしばし泳がせて、隣《となり》の信司の脇腹を肘でつつく。

「……意味わかったか？」

「……聞くなよ」

良かった。オレが馬鹿だから、というわけではないらしい。ただ、『その目には未来も全て見えているであろう』というフレーズだけは強く印象に残った。

そんなオレらの様子を見て、サヤ姉は長い溜息をつく。

「まあ、あんたらにわかるよう簡単に言ってしまえば、ある瞬間における、この世のありとあらゆる情報を入手することが出来、かつこの世の全ての物理法則を理解した知性がもしいたら、そいつは未来の全てを見通すことができるって彼は主張したの。そして、その知性のことを、後世、こう呼ぶようになったわ。『ラプラスの悪魔』ってね」

「未来を見通す悪魔……か」

オレは忌々しげに吐《は》き捨《す》てる。

「未来は現在の状態によって既《すで》に決まっていると想定する、『決定論』の代名詞とも言える概念《がいねん》ね」

「おいおい、それって……」

先輩の予知夢とぴったり符合《ふごう》しないか？　なるほど、心情的にはあまり認めたくはないが、シャレが利《き》いててぴったりすぎるあだ名かもしれない。

「まあ、もうこれは五〇年ぐらい前には否定された古い……」

そこまで言ってから、サヤ姉はしまったとばかりに口を押さえる。

だがもう遅《おそ》い。もうオレはしっかりと耳にしてしまった。

「サヤ姉、それ、もっと詳《くわ》しくっ！」

オレはサヤ姉に詰め寄り問《と》い質《ただ》す。未来を変えるヒントがここにあると、オレのカンが告げていた。

「あ〜〜〜〜〜」

サヤ姉は苦虫を噛《か》み潰《つぶ》したような顔で、いかにも言いたくなさげな様子だった。

先輩との事、反対してたからなぁ、サヤ姉。でも、さっき一緒に遊んで、悪い人じゃないってわかってくれたはずなんだけどな。

サヤ姉がふと虚空《こくう》を見つめ、「ふむ」と頷《うなず》く。

「……そうね、教えてあげてもいいわ」

後から思えば、サヤ姉が妙に意地の悪い笑みを浮かべていたような気がするが、この時のオレはそれどころじゃなくて、まったく気にはならなかった。

「おおっ、サヤ姉、ありがとう。愛してるぜっ！」

「〜〜〜！　馬鹿っ！　軽々しくそんなこと言うんじゃないわよ！』

妙に上ずった声で叱《しか》られた。

本当の姉同然と思っての言葉だったんだけどな。まあ、ちょっとハイになって過激な表現になっていたかもしれない。

唐突につま先に走る激痛。信司が思いっきりオレの足を踏《ふ》んでいた。

「つっ！」

「あっ、すまん。ついわざと」

「うっかりじゃねえのかよ⁉」

なんか最近、理不尽《りふじん》な暴力を受ける機会が増えた気がする。これが先輩の言う、「不幸」だったりするんだろうか。

「じゃれあってないで、レクチャー始めるわよ。あんた、原子については中学で習ったわよね。あたし、教えた記憶《きおく》あるし」

「水兵リーベ、ぼくの船、だよな」

「ちゃんと覚えてるみたいね。この原子というものは、正の電荷《でんか》を帯びた原子核《げんしかく》と、負の電荷を帯びた電子で構成されているわ。イメージとしては太陽系。原子核が太陽で、電子が惑星《わくせい》みたいに周囲を回転している感じね。教科書にモデル図とか載《の》ってたんじゃない？」

「あ、うん、あったあった」

そういう図に見覚えがあったので、オレは頷く。

「あれは実際もう古いんだけど、本筋からは関係ないからいいわね。で、この原子の中みたいなミクロの世界を研究・探求する学問のことを、量子力学って言うの。テレビ、携帯《けいたい》、パソコン、DVDみたいなハイテクグッズにはみんなこの量子力学が応用されているわ」

「へえぇ。じゃあ意外と身近な学問なんだな」

かなりオレは感心してしまった。そんなごくごく微細《びさい》なところまで研究して利用している人類の英知に。それを成し得た先人たちの努力に。

だってオレの大好きなテレビゲームなんかも、この量子力学ってのがなければ楽しむことができなかったわけだ。本当に感謝である。

「この量子力学の基礎《きそ》原理の一つに『不確定性原理』ってのがあるの。これは他の、より基礎的《きそてき》な原理から導き出される『定理』でもあるんだけど」

「ふむふむ」

「細かい説明をうっちゃって簡潔に言ってしまうと、この原理はね、『電子の位置と運動量を同時に知ることは原理的に不可能』ってことを証明したの。電子の位置を測定すれば、運動量がわからなくなり、運動量を測定すれば、今度は位置がわからなくなる。原理的に、だから、それこそ人類の科学が千年万年進歩しようが、絶対にどちらか片方しかわからないんだってね」

「今更《いまさら》だけど、妙に詳しいよな、サヤ姉」

本気で感心して言うオレに、

「誰に向かって言ってるのよ」

サヤ姉はむしろ呆れた感じで返してくる。

「そうでした」

どうにも存在が身近すぎて、オレの前では横暴で傲慢《ごうまん》で天上天下唯我《ゆいが》独尊《どくそん》な『女帝《じょてい》』でしかなくて、つい『天才』ってことを忘れてしまう。

「さて、ラプラスの悪魔ってどういう存在だった?」

「忘れた」

きっぱりと言い切るオレ。

オレの馬鹿さ加減に慣れてるサヤ姉は、諦《あきら》めたように首を振って、

「この世の全ての情報を知り得、かつ解析できる存在、よ。でも、不確定性原理により、全てどころかたった一つの電子の位置と運動量すら、同時に知ることは絶対にできないことが証明されてしまった」

「……だから、そんな悪魔はそもそもいないってこと?」

「そういうこと、ね」

「なんだよ、そりゃあ……」

オレは大きく溜息をついた。期待が大きかっただけに失望も大きい。

サヤ姉から「ラプラスの悪魔は否定されている」って聞いた時、「現状を打破するヒントはこれだっ！」って直観が働いたんだけどなぁ。

どうやら見当違《けんとうちが》いだったらしい。そんな悪魔がいるかいないかよりも、決定論とやらを否定して欲しかったんだよなぁ。

だいたいそんな神様みたいなヤツ、元々いやしねえだろうが。空想上の存在がいないと証明できたからって、それがなんだっつの。

頭の良いヤツが考える事は、ほんとよくわからん。

「ちなみに余談だけど、かのアインシュタインは、この決定論の支持者でね、『神はサイコロを振らない』という有名な言葉を残しているわ」

おいおい、人類史上最高の天才と謳《うた》われた人まで、そんなこと言ってるのかよ。

自分のような「凡才《ぼんさい》」に、本当に未来を変えることができるのかと、オレは暗澹《あんたん》とした気持ちで家路についたのだった。

ふわりと、水の中にいるかのような浮遊《ふゆう》感を覚え、「きたか」とわたしは目を見開く。この感覚を待ち遠しいと思う日が、まさか来るなんてね。まさしく夢にも思わなかったわ。

さて、今日の彼《かれ》はいったい何をしでかしてくれるのかな?

見覚えのある教室。名前は知らないけどやはり見覚えのあるクラスメートたち。

ここは……わたしの教室? いつもは彼の教室に跳ぶのに。

若干《じゃっかん》の戸惑《とまど》いを覚えつつ、わたしは、いつものように、黒板で日付を確認《かくにん》し、ついで時計を見上げ時刻を確認する。

『今』は五月二一日、時刻は一二時六分。明後日……ね。なんで一日飛《と》び越《こ》えたのかしら?

夢に文句を言っても始まらないけど。

今回はここに彼が来るのかな。ついに剛田《ごうだ》さんの追撃《ついげき》を振り切《き》れたってこと?

とりあえず、わたしは自分の席のほうを振り向《む》く。まあ、夢にわたしが登場することはないんだ……け……ど……

視界に飛び込んできた光景に、わたしは思わず息を呑《の》んだ。

今は肉体なんか持っていないはずなのに、血の気が引いていくのをはっきりと感じる。
わたしの机の上には花瓶《かびん》が置かれ、菊《きく》の花が飾《かざ》られていた。
茫然とするわたしのもとに、クラスメートたちの声が届く。
「昨日の夜、暴漢に襲われたんだって」
「犯人はうちの学校の生徒らしいわよ」
「ラプラスに手を出すなんて勇気あるー」
うそ……うそ……うそでしょ!?
わたし、もしかして、死……
そうだ、彼。彼は今どうして!?
そう思った瞬間、視界が切り替《か》わる。
そこに、彼はいた。机にうつぶせて、身体を震わせて、じっとうずくまっている。
近づくと、嗚咽《おえつ》のようなものが聞こえてきた。
そっと顔を覗《のぞ》きこむと、その頬《ほお》にはくっきりと涙《なみだ》の跡《あと》があった。
そっか。わたしはやっぱり……明日、死ぬんだ。
せっかく楽しいって思えるようになってきたのに……。
神様はやっぱり……残酷だ……。

「と、言うわけで」

放課後。いつものように屋上で、オレはぐるりと首を回して周囲を一瞥《いちべつ》する。空はどんよりと曇《くも》っており、太陽の姿は見えない。近づいているという寒波の影響《えいきょう》で、吹《ふ》き抜ける風は思わず身震《みぶる》いするほど冷たい。

当然、屋上には人の姿はほとんどなく、オレと明日香先輩《あすかせんぱい》を除けば、二人だけだった。

その二人ってのも、サヤ姉と信司《しんじ》だったりするのだが。

「これより対剛田さん作戦会議を始めたいと思います。ドンドンドンパフパフ〜！」

オレが激しく手を打ち叩き、盛り上げようとするも、

シ〜〜〜〜〜〜〜〜〜〜〜〜〜〜〜〜〜〜〜ン。

む、無言の視線が痛いっ！　なんで揃《そろ》ってそんな哀《あわ》れんだ瞳《め》でオレを見る!?　ああっ、しかも目線を交《か》わしあって溜息まで揃えてっ!?

なんだよ、オレが何をしたって言うんだ!?　そりゃこの寒空の下に呼び出しちゃったけどさ。サヤ姉が忙《いそが》しいのはわかってるけどさ。三人寄れば文殊《もんじゅ》の知恵《ちえ》とか言うじゃん？　いい加減オレ一人の頭だと、アイディア枯渇《こかつ》してるんだよ！

「よりにもよってなぁんでこの面子でそんなの開くかねぇ」

両手で顎《あご》を押《お》さえて、心底呆れた口調で信司が零《こぼ》す。

「そりゃおまえとサヤ姉は、オレにとって一番信頼《しんらい》できるヤツだからだよ」

迷いなくそう答えて、オレは親指を立てた。こいつらだけは何が起ころうと、絶対、オレの味方でいてくれる。そう心から信じられる自慢《じまん》の「親友」なのだ。

ちょっとこっ恥《ぱ》ずかしいが、嘘偽《うそいつわ》りない本音である。

「…………」

「…………」

サヤ姉と信司が無言で視線を交わしあう。

「なんだよ？」

「いやちょっと……」

「なんでも……ないわよ」

だったらなぜ二人ともオレから視線をそらす？　なんでそんないたたまれなさそうな顔をする？　まるでオレがかわいそうな人みたいじゃないか。

「ぷっくくく」

そんなオレらに、先輩がこらえきれないとばかりに吹き出す。

その笑顔《えがお》に、オレの心がじんわりと温かくなる。先輩、今朝は顔色が悪くて、かなり心配だったんだよなぁ。予知夢も見なかったらしいし。

まあ、予知夢を見なかったってのは、過去二回の例から考えて嘘《うそ》っぽいけど。多分、誰かがまた怪我《けが》する夢とか視たんだろうな。

「なんスかぁ、先輩?」

オレはあえて仏頂面《ぶっちょうづら》を作り、声のトーンを落として、不機嫌《ふきげん》を装《よそお》う。先輩が笑ってくれるなら、今日のところはいじられ役に甘《あま》んじようじゃないか。

「ふふふ。『敵を知り己《おのれ》を知らば百戦危《あや》うからず』という言葉を君に授《さず》けよう」

先輩が思いっきり何かを含《ふく》んだ笑顔でのたまう。

「知ってますよ、そんな有名な言葉ぐらい。孫子でしょ」

オレが心外とばかりに唇《くちびる》を尖《とが》らすと、ポカッとサヤ姉に頭を小突《こづ》かれた。

「あんたは敵も己も知らなすぎってこの娘は言ってんのよ」

「……それって遠回しに馬鹿って言ってない?」

「馬鹿でしょ」と、サヤ姉。

「馬鹿だろ」と、信司。

「くすす、馬鹿かなぁ」と、明日香先輩。

「なんでそんな息合ってるの、きみたち!?」

しかもそれがオレをいじめる時ってどういうこと!? ……まあ、先輩がオレ以外とも仲良くしてるのは見てて嬉《うれ》しいけど、さ。一緒《いっしょ》に遊んだことで、けっこう打ち解けられたみたいで本当に良かった。

「敵も自分のこともわかってない……か」

誰《だれ》に言うでもなく呟《つぶや》く。みんなが同意見ってことは、オレが何かを勘違《かんちが》いしてるってことか？　敵……ねぇ。剛田さんのことだろ？

本当は『運命』とか『悪魔』なのかもしれないけれど、ちょっと抽象的《ちゅうしょうてき》すぎるし、サヤ姉や信司がそれを知ってるはずもないし。

「あのなぁ。これでも剛田さんに弱点はないかと、色んな先輩に聞き込みしてるんだぜ？」

……まあ、あんまり成果は出てないけどな。みんな口を揃えて「女」ってなんだよ。それぐらい知ってるってーの。

しかし、三人は揃ってまた溜息をついたりしてて、

「やっぱり馬鹿でしょ」

「やっぱり馬鹿だろ」

「くすす、やっぱりおめでたいよね、君は」

「何気に先輩が一番ひどいっ⁉」

さっきいじられ役になる覚悟《かくご》を決めたばかりなのに、もうすでにくじけそうだよ。

「そこまで言うからには、じゃあいったい何が馬鹿なのか言ってもらおうじゃないかっ！」

「言えるわけないでしょ、馬鹿」

「言えるわけねーよ、バーカ」

ちっ、なんだってんだよ。しかもご丁寧に馬鹿つき。

それにしても……なぜサヤ姉は顔を紅《あか》くしている？　オレは何かそんなに恥《は》ずかしいことでもしてるのか？

オレは一縷の望みにすがるがごとく、先輩のほうを振り向く。

先輩は拳を口元に当てて小首を傾《かし》げ、「う～ん」と悩《なや》む素振《そぶ》りを見せるも、

「くすす、やっぱり言えないかなぁ」

「だから、なんでッスか⁉」

「乙女《おとめ》の信義、かな。カエサルくん」

先輩はサヤ姉に視線を向け、意味ありげに微笑《ほほえ》む。

あの、オレ、カエサルなんて名前じゃないんですけど。なんか世界史にそんな人いたような いなかったような……。

「ほら、無駄話《むだばなし》ばっかしてても仕方ないでしょ。カー坊、さっさと本題に入りなさい」

パンパンと手を叩いて、サヤ姉が場を仕切る。なんでそんなに焦《あせ》った感じで？

気にはなったけど、このまま話が脱線《だっせん》し続けるのもちょっと困る。

オレはコホンと咳払《せきばら》いして、この一ヶ月間のことを話し始めた。


先輩から出された交際の条件の事。

先輩の能力。そのルール。その苦しみ。

この一ヶ月間、オレがいかにして未来を変えようとしたか。

とにかくオレが知り得る限りの情報を吐きだした。全てを聞き終えると、サヤ姉と信司はまた揃って重い溜息をついた。

「またこのパターンか……もう病気だな」

と、信司が頭を振れば、

「ほんとこの病気、いい加減治らないかしら」

と、サヤ姉もがっくりとうなだれる。

「今回はさらに厄介《やっかい》な病気まで併発《へいはつ》してるようだし」

「草津《くさつ》の湯でも治らないって言うし、どうしようかしらね」

はあっと二人揃ってまた溜息。何気にすげー失礼だな、きみたち。

先輩が小首を傾げ、心配そうにオレを見る。

「観田《かんだ》先輩、こいつの中学時代のあだ名、教えてあげましょうか？」

「わーわーわー！　やめろ、信司っ！」

大声で叫びつつ、オレは信司に飛びかかり、口を押さえにかかる。

何言い出しやがるんだ、こいつ。あんな恥ずい呼び名、先輩に知られてたまるかっての。

「『ヒーロー』って呼ばれてたのよ、こいつ」

「ってサヤ姉っ⁉」

振り向けばヤツがいた⁉

「そう言えば君ってば中学時代は空手部にいたんだよね？　なに、そんなにすごい選手だったの？」

ちょっと感心したように、先輩が瞳をキラキラさせる。

うう、その期待の眼差《まなざ》しが今は痛い。

「違う違う。ヒーローはヒーローでも、英雄《えいゆう》って意味じゃなくて、正義の味方のほう」

「正義の……味方？」

「病気？」

見ないでっ！　その奇妙《きみょう》なものを見るような瞳で、オレを見ないでっ！

「ぷはっ。こいつってばさ～、困ってる人とかいじめとか見ると、後先考えずすぐ助けにぶっ飛んでっちゃうんですよ～。ほら、小さな男の子の夢でしょ……ヒーロー!!」

オレの手を引っぺがし、信司は一気に捲し立《た》ててゲラゲラ笑う。

「それで暴力事件とかも何度か起こしててね」

サヤ姉が頬に手を当てて、「ふう」と溜息をつく。

なんであんたらはオレの恥ずかしい過去を、断りなく暴露《ばくろ》しやがりますかねぇ!?

「たくっ、揉《も》み消《け》すのにあたしがどれだけ苦労したことか。生徒会長やってるのだって、こいつがまた何かしでかした時の保険みたいな……あっ！」

「へ？　そうだったの、サヤ姉？」

それはオレにとっても初耳の話だった。

「え、あ、う……」

ボンっとサヤ姉は顔を真っ赤にして、しどろもどろになる。他にも色々とオレのためにしてくれているのに、サヤ姉はこんな感じでいつもそれを隠《かく》してるんだよなぁ。

照れ屋って言うか、ひねくれてるって言うか。いつもオレが気づくのは後になってからで、お礼を言うタイミングを逃《のが》してばかりだ。

「～～～～そうよっ！　感謝なさいっ！」

開き直ったのか、その平らな胸を張って宣言するサヤ姉。

いい機会……だよな。オレはピンと背筋を伸《の》ばし、居住まいを正す。

「いつもありがとう、サヤ姉」

万感《ばんかん》の想《おも》いを込めて、オレはお礼の言葉を告げた。

「～～～～!!」

サヤ姉は顔をさらに真っ赤にしてうつむいてしまう。ははっ、こういうサヤ姉は、ちょっと新鮮《しんせん》で可愛《かわい》いかも。

ぞくくっ！　突如《とつじょ》として背中ごしに発生した、ちょっと身に覚えのあるこの冷たい視線は……

「鼻の下伸びてるよ。いやらしいことでも考えてるんでしょ」

振り向くと、先輩が頬を膨《ふく》らませていた。

「いやいや先輩、そんなことは決して……」

オレは慌《あわ》てて弁解しかけて、ふと気付く。これってひょっとして嫉妬してくれてるのかな？　ちょっと、いやかなり嬉しいかもっ！　思わず顔がにやけて――

ドゴオオオオオン！　オレは天高く空を舞《ま》っていた。

ああっ、空はどこまでも果てしなく続いている……。

「っていきなり何するんじゃい、サヤ姉ぇぇぇ!!」

「なんとなく」

悪びれることなく言い切って、サヤ姉は「ふっ」と拳に息を吹きかける。

「なんとなくで殴《なぐ》られてたまるかぁっ！」

人間が空飛ぶ程《ほど》の打撃《だげき》がどれほど痛いか知らないだろ⁉　今日という今日は我慢《がまん》の限界だっ！　女は殴らない主義だけど、ここらで一発ガツンと――

パシン！　オレの頭がはたかれた。

「落ち着けって。こういう場合、おまえが悪いって相場は決まってる」

信司がやれやれと首を振れば、

「うんうん」

「まったくよ」

女子二名も大きく首を縦に振る。

すうっと頭に昇《のぼ》った血は降りてきたけど、今度は泣きたくなった。

「ここにオレの味方はいないのかっ⁉」

「「いない」」

見事にハモってるしっ！　しかもノータイムっ⁉」

そうか……これが四面楚歌《しめんそか》というやつか……。虞《ぐ》や虞や、汝《なんじ》を如何《いかん》せん。

「それにしても、そんな熱血ヒーローくんなら、さぞモテたんじゃない？」

先輩の笑顔がちょっと怖《こわ》い。

だって、目が全然笑ってないしっ。むしろ据《す》わってるしっ。

「ぜ、ぜんぜん！　告白なんて一度もされたことないですっ」

オレはパタパタと慌てて手を振った。だいたい名前をもじったもの以外のあだ名なんて、大抵《たいてい》揶揄《やゆ》みたいなものだ。オレのもそれで、意味は信司がさっき言った通り。そこに憧《あこが》れやら尊敬といった甘いものは、残念ながら含まれちゃいない。

「やっぱりこの背のせいですかね～？」

頭に手を乗せて、オレはぼやく。

「あ、ああ、そうだな、お、女の子はやっぱ背が高い男が大好きだぜ」

「そ、そうそう、せ、背伸《せの》びしてのキスは女の子の憧れよ」

おまえら、そんなにオレにトドメさしたいのか？　オレが一番気にしてることだって、知ってるはずだろう？　なにか？　そんなにオレが嫌《きら》いか？

「ま、まあ、あたしなら、できるけどね」

なんかサヤ姉がぼそぼそ言っているけど、小さすぎて聞こえない。まあ、流れ的にどうせオレの悪口だろう。

　ぐるりとオレたち三人を順に見やって、にんまりと先輩が笑う。

「ふぅん。なるほど。そういうこと、ね」

「そんなあっさり納得《なっとく》しないでぇ!!」

　涙まじりの魂《たましい》の絶叫《ぜっきょう》をあげるオレ。

「ううっ、先輩も、やっぱり背が高くないとダメなんですね……」

　前から気にしてたけど、もうトラウマレベルだよ。明日から牛乳二リットル飲もう。小魚も毎食、茶碗一杯《ちゃわんいっぱい》食べよう。

「え、いや、違うわよ？　わたしは別に背の高い低いなんて気にしてないから」

「本当ですか〜？」

　疑いの眼差しでオレは先輩を見る。

「本当本当。ほら、アニメの名シーンって定期的にテレビでやってるじゃない。あれで見たわ。確か列車で宇宙旅行するヤツ。女の人が屈《かが》んでキスするの。あれはあれでロマンティック……」

「うわぁぁぁぁぁぁん！」

　オレは夕日に向かってダッシュした。

目から零れるこれは涙じゃないっ！　これは心の汗《あせ》なんだぁぁぁぁ!!


「《時の強制力》……ねぇ？」

サヤ姉が髪《かみ》の毛《け》をいじりながらつまらなそうに呟く。

いつまでもいじけてられないので、会議を進めることにしたのだ。この三人が一堂に揃うのは危険だ……主にオレにとって。すること済まして、さっさと解散するに限る。

「そういう得体の知れない《力》が働いているとしか思えねえんだよ。オレがどんな辺鄙《へんぴ》なとこに隠れても、あっという間に見つかっちまうんだぜ？　いくらなんでもカンだけじゃ説明つかねえよ」

ここ最近だけでも、オレが隠れ場所《ばしょ》に選んだのは、体育準備室の跳び箱《ばこ》の中、違うクラスの掃除《そうじ》用具入れ、水泳部の男子更衣室《こういしつ》のロッカーの中、写真部の暗室、と、普通《ふつう》ならまずそう簡単には見つからない場所だ。

この広い校内、探す場所はそれこそ無数にある。なのに毎回毎回、昼休み開始一五分以内で見つけられてしまうのだ。

一回二回ならマグレで片づけもできるが、この一カ月ずっととなると、野性のカンだけではちょっと説明がつかない。――

まるで学校全体に、オレに対する監視網《かんしもう》でも敷《し》かれているような、そんな非現実的な錯《さっ》覚《かく》すら覚えてしまう。

「それって……あ、やっぱりいいわ。話を続けなさい」

サヤ姉が何かを言いかけて、黙《だま》る。ふと思い出したんだけど、この人、SSSによる独自の監視網を学校内に敷いてるんだよなぁ。まあ、今はそんなことどうでもいいか。

「他にも、三時限目の休み時間にこっそり帰宅しようとしたのさえ捕《つか》まえられちまったんだ。これはオレが思うに、やっぱりこの《時の強制力》が先輩の野性のカンに何らかの作用を与《あた》えているとしか……」

「それは……いや、なんでもない」

今度は信司が何かを言いかけて、やっぱり黙る。そう言えば最近、視線を感じて振り向くと、こいつがいたりするんだよなぁ。サヤ姉一筋なのは知っているけど、よもや妙《みょう》な趣《しゅ》味《み》に目覚めたりしてないだろうな？

そんな二人を見て、また先輩がクスクスと笑う。

「なんです、先輩？」

「シムラ、うしろっ、うしろっ」

言って、笑いをこらえるように口元を押さえる。

「何の呪文《じゅもん》です、それ？」

後ろを振り向いてみるも、特に何もなし。そもそもオレはシムラじゃない。

「ふふ、やっぱり今の世代には通じないね、これ」

「先輩と一つしか違《ちが》いませんけど？」

「まあ、あんたの事はどうでもいいとして」

サヤ姉は淡々《たんたん》とエアボックスを隣へと移す。オレの苦闘《くとう》の一ヶ月に、その扱《あつか》いはひどくねえ？　オレなりに精いっぱい頑張《がんば》ったんですけど。

「気になるのは観田さんのほうね。あたしが把握《はあく》してるだけで三四回。あなたは人に不幸を告げている。しかもこれは高校だけの数字。実際はもっと上のはずよ。そしてそれらは全て実現した。間違いないわよね？」

「はい、そのとおりです」

丁寧《ていねい》に返す先輩。あの、一応、同級生ですからね、その人。まあ、『女帝』だからついそうなっちゃうんだろうなぁ。

「校内で爪弾《つまはじ》きにあってまで告知し続けてるあなただもの。それだけに甘んじてるとは考えにくい。たぶんカー坊と同じように、自分から積極的に動いて未来を変えようともしたんじゃない？」

「それも、はい、です」

頷く先輩は、無表情を装いつつも悔《くや》しさが滲《にじ》み出《で》ていた。何度となく人を助けようとして、その度に失敗して、他人の不幸を見続けてきたんだ。どうしようもない無力感にさいなまれたはずだ。

大抵《たいてい》の人なら十回目ぐらいで諦めて、自分を護《まも》るために他人にその能力を知られないよう隠すようになるんじゃないだろうか。高校進学という、絶好の機会まであったのだから。

先輩は可憐で華奢《きゃしゃ》に見えるけど、本当に強くて優《やさ》しい人だと改めて思った。

「そして常に、何らかの邪魔《じゃま》が入ったのよね？」

「はい。尾行《びこう》してる時に、アンケートの人とかに捕まって対象を見失ったりはしょっちゅうでした。ひどい時には鉢《はち》植えが落ちてきたり、居眠《いねむ》り運転の車が突っ込んできたり」

「ちょっと待てよ！　それ初耳だぞ、先輩⁉」

思わずオレは先輩に詰《つ》め寄《よ》る。

そんな危険な目に遭《あ》ってたのか⁉　聞いてるだけでこっちの寿命《じゅみょう》が縮まったぞ。そんなに恐《おそ》ろしい代物《しろもの》だったのかよ、《時の強制力》⁉

今、先輩が無事でいてくれて、本当に良かった。

一方、サヤ姉は別の事が気になったみたいだった。

「ふむ、どうも話を聞いてる限りだと、《時の強制力》の介入《かいにゅう》って、一回一回は決して異常ではないのよね。鉢植え落ちてくるのも、自動車が突っ込んでくるのも可能性はめちゃくちゃ低くても有り得ないことじゃない」

「そういうニュースたまに聞きますしね」

信司も相槌《あいづち》を打つ。

「対象を予知夢の場所から遠ざけたのに、その時間になったらテレポーテーションしてしまったとか、対象の周りには刃物《はもの》なんてなかったのに、いきなりカマイタチにあったように腕《うで》が裂《さ》けて血が吹き出たとか、ボールが慣性の法則を無視して直角に曲がって対象を襲《おそ》ったとか、そういう現実に有り得ないことは、起きていないわけね？」

サヤ姉が口元に手を当てつつ、半ば確認といった感じで先輩に訊《たず》ねる。いわゆる超常《ちょうじょう》現象ってやつが起きなかったか、ということか。まあ、先輩の予知夢がそもそもソレなんだけどな。

オレはこれまでの一ヶ月を振り返《かえ》り、ピンと人差し指を立てた。

「剛田さんのカンは神がかり的だぜ」

「あんたには聞いてない」

一言で切り捨てられた⁉　なんかさっきからオレの扱いひどくね？

「わたしの知る限りでは、そういうことはありませんでした。不吉を告げた場所にわたしは近寄れないので、はっきりとしたことは言えませんが」

近寄れない？　ああ、そうか。先輩は自身の夢に登場しない。逆に言えば、その時間、予知夢の場所に、先輩はいられないのか。

「ふむ。ということは、あくまで現実に起こり得ることの範囲《はんい》で、運命の糸が複雑に絡《から》み合《あ》い、偶然《ぐうぜん》、タイミングを見計らったかのように、邪魔や事故が発生するわけね。つまり、《時の強制力》とは何らかの物理的現象を引き起こすものではなく、全ての事象の、いうなれば『流れ』を未来が変わらないように誘導《ゆうどう》する力……なのではないかしら？」

サヤ姉が先輩に目で「どう？」と確認する。

「……言われてみるとそんな感じがしっくりきます」

少し考えて、先輩が頷く。

さ……さすがサヤ姉だぜ。少し話を聞いただけで、体験者の先輩さえ気づいていなかったことをあっさり分析《ぶんせき》してしまうとは。

「ふむ。となると……うん」

サヤ姉は少し考えて、力強く頷く。何か思いついたのだろうか。

「確認なんだけど、あたしの案で未来が変わっても、こいつが未来を変えたことにはならないわよね？」

サヤ姉がチラリとオレを見てそんなことを言い出《だ》した。え？　それってどういう……？

先輩も釣《つ》られてオレに目を向けて、クスリと笑う。

「そうですね。彼との約束はもちろん無効です」

「いいっ⁉　先輩、それはちょっと殺生《せっしょう》なっ⁉」

寝耳《ねみみ》に水《みず》な発言に、オレは心底慌てた。いや、オレが未来を変えようとしてるのは、純《じゅん》粋《すい》に先輩の為《ため》だけどさ。先輩の絶望を吹き飛ばし、笑ってもらう為だけどさ。

……オレだって男なんだ。少しぐらい下心があって悪いかよっ！

「だって、未来を変えたのは君じゃなくて生徒会長でしょう。ならやっぱりわたしは生徒会長に全てを捧《ささ》げるのが筋というものじゃない？」

「そ、そんなぁっ！」

オレは思わず頭を抱《かか》える。サヤ姉は日本が世界に誇《ほこ》る頭脳なんだぞ？　オレなんか百人束になってかかったって敵《かな》わない天才なんだぞ？　これじゃあオレは自分で最大最強のライバルを引き入れた間抜《まぬ》けじゃないかっ！

「じゃあ言わせてもらうわ。あんたら大掛《おおが》かりに変えようとしすぎなのよ」

サヤ姉が「フン」と馬鹿《ばか》にしたように鼻で笑う。

「大きい……かなぁ？」

昼休み、学食に行くか行かないか、だろ？　すっげえ些事《さじ》な気がするんですけど。

「観田さんが視た夢を詳細《しょうさい》に訊《き》きだして、あとはカー坊が夢でしていなかった動作をすればいいだけじゃない。あんたが何事もなくご飯食べてた時刻に、ね。指でトントンと机を叩《たた》くとか、そんな程度でいいわ」

「それで未来変えたことになんの？　あまりにしょぼすぎねえ？」

だって学食に行った事も、食べた物も、近くに誰がいたかも、何も変わらないんだぜ？

「じゃあいったいどこからが未来が変わって、どこからが未来が変わってないなんて言うのよ？　どんな些細《ささい》なことでも変化は変化でしょ」

「そういうもんかなぁ？」

なんか納得のいかないオレだった。

「誰か、もしくは何かがあんたの行動を阻害《そがい》しても、それ自体が未来の改変に繋《つな》がるわ。なにせあんたは、何事もなくご飯を食べていたはずなんだから。ここで次に考えられるのは、カー坊がついうっかり忘れてしまうというパターンね。そこで携帯のアラームをその時刻にセットしておく。故障とかの可能性があるから、あたしや信司、観田さんのも渡《わた》して同様にする。充電《じゅうでん》とかアラーム設定、マナーモードになってないかとかも要チェックね」

この、詰将棋《つめしょうぎ》でも見るような、格ゲーのハメ技のような、抜《ぬ》け道《みち》を軒並《のきな》み塞《ふさ》いでいくやり口、なんかデジャヴがあるなぁ。何度それで煮《に》え湯《ゆ》を飲まされたことか。敵に回すと恐ろしいが、味方だとこれほど頼《たよ》りになる人もいないとつくづく思う。

「さて、ここまで事前に準備しておいたのに、全《すべ》ての携帯にトラブルが発生し、あんたもついうっかり忘れてしまう。可能性が完全にゼロだとは言わないけれど、万が一どころか、統計学的には発生確率ゼロとみなせる三〇万分の一程度にはなっているはずだわ」

そこでサヤ姉はニヤリと唇の端《はし》を歪《ゆが》めた。

「はたして、《時の強制力》は現実にはまず起こり得ない事まで起こせるのかしらね？」

「「おおおおおっ！」」

オレと信司が感嘆《かんたん》の声をあげ、惜《お》しみない拍手《はくしゅ》をサヤ姉に捧げる。

「さすがサヤ姉、ハメ技考えさせたら右に出る者はいねえ！」

「なんて素敵《すてき》にピカレスク。そこにシビれる！　あこがれるゥ！」

「……あんたら、褒《ほ》めるならもっと別の言い方考えなさいよ」

言葉ではそう言いつつも、サヤ姉も悪い気はしないようで自慢げな笑《え》みを浮《う》かべていた。

これなら、とオレが期待に燃えた瞳で先輩の方を振り返るも、

「無理……です」

先輩は沈痛《ちんつう》な表情で、静かに首を左右に振った。オレからしたら、隙《すき》のない完璧《かんぺき》な作戦に思えたんだけどな。やっぱりそんな小さなことじゃ変化と言えないってことか？

「わたしも……似たようなことはしたんです。生徒会長ほど綿密に作戦立てしたわけではなくて、ごく些細な事なら変えられるんじゃないか、という単純な思いつきでしたが」

「……結果は？」

サヤ姉が渋《しぶ》い顔で続きを促《うなが》す。

「伝えられませんでした」

「どういうこと？」

サヤ姉が眉《まゆ》をひそめる。

「用件を誰かに伝えようとしたら、決まって危険がわたしを襲ってくるんです。それもとびっきり危険なのばっかりです。さっき言いましたよね、鉢植えが落ちてきたり車が突っ込んできたりって」

「あ〜、そうなるわけ。だから予知夢にあんた自身は登場しないのね」

つまらなさげにサヤ姉は吐き捨てた。

なんでいきなりそのルールが？　と不審《ふしん》に思ったオレだったが、すぐに理由に思い至る。

先輩がもし自分自身の未来を夢で視る事が出来れば、さっきのサヤ姉の作戦を容易に使うことができる。その可能性を排除《はいじょ》してるってことか。

つくづく性格が悪いな、運命の悪魔《あくま》とやらはっ！

「三回試《ため》して、三回ともでした。幸い怪我をしたのは割れたガラスで腕を切った一度きりでしたが、それ以上は試す気になれませんでしたね。周りの人間を巻き込みかねませんでしたから」

「自分の身を心配してください」

大きく溜息《ためいき》をついて、オレは言う。

ほんと先輩にはもっと自分というものを大切にしてほしい。他人のことばっかり気にしててどうするんだよ、まったく。

「カー坊に、『昼は学食にいた』とかは普通に言えるのよね？」

「ええ、問題なく」

サヤ姉の問いに先輩は頷く。

そっか。夢の内容でも言える場合と言えない場合があるんだよな。この差ってやっぱり、単純に考えると、未来を変える可能性の高さ、か？

「なるほど、未来を変える可能性が一定以上の水準に達《たつ》すると、《時の強制力》が働く仕組みなわけね。カー坊に話した程度の内容は、まだその水準を満たさないから、普通に言う事ができる、と」

いちいちオレより分析が深いよな、この人。一応、オレとも血が繋がってるはずなのに、この差はなに？

「ひたすら厄介な代物ね。ちょっとお手上げって感じだわ」

サヤ姉が降参とばかりに両手をあげる。ここまで見事な分析を披露《ひろう》して、いきなり何を言い出しやがりますか、サヤ姉⁉

……いや、分析したからこそ、なのか？　サヤ姉が早々に打つ手なしと匙《さじ》を投げてしまうレベル……背筋が寒くなった。

「うわ、サヤさんがこんなあっさり白旗あげるの、初めて見ましたよ」

信司にとっても青天《せいてん》の霹靂《へきれき》だったようで、素直《すなお》に驚《おどろ》きを露《あら》わにする。

「ん～、どうも全体的に違和感《いわかん》、っていうか嫌悪感《けんおかん》？　が拭《ぬぐ》えないのよねぇ。勝手が違うっていうか、考えてて気持ち悪いっていうか」

サヤ姉はがりがりと頭を掻《か》きながら言う。

「おいおいおい⁉」

明らかな異常事態だった。天才的頭脳の持ち主っていうのは、ほぼ間違《まちが》いなく知的好奇《こうき》心《しん》が強い。サヤ姉もその例外に漏《も》れず、もはや歩く知的好奇心と言っていい。

そんなサヤ姉が、考えたくないって有り得ないだろ!?

「科学ってのはね、『因果律』を大前提に成り立ってるの。逆説的に言えば、これが否定されるとなったら、あたしたち人類が解明してきたほとんどの物理法則・理論も成り立たなくなるわ」

「いきなり何の話だ?」

話が飛びすぎじゃね? ついていけないんですけど。

「えっと、因果律って確か、物事には全て原因があるとかいうヤツでしたっけ?」

信司が自信なさげに問う。

「より正確に言えば『いかなる事象も時間的に過去に起こった事を原因として起こる』ってところかしら」

「それがどう……あっ!」

サヤ姉の言わんとしている事が、ようやくオレにもわかった。

未来で誰かが怪我をしたから、先輩《せんぱい》はその誰かに警告する。

未来でオレが学食にいたから、オレは学食に行かないようにする。

未来で誰かが怪我をしたから、《時の強制力》は先輩の邪魔をする。

未来でオレが学食にいたから、《時の強制力》はオレを学食へ引き寄せる。

「時間的に未来に起こった事を原因として起こってる……」

なるほど、今まで深く考えてなかったけど、これは確かに違和感があるな。未来のはずなのに、まるで『過去』のような錯覚に陥る。

「そう。これをわかりやすい例であげるなら、『卵が割れたから、卵を落とした』になるわけよ。話が繋がってないでしょ？　逆に『卵を落としたから、卵が割れた』だと普通に意味が通じる。こんな感じで、人間の精神はね、因果が成り立っていることを大前提に物事を捉《とら》えているの。それが破綻《はたん》してるんじゃ…………因果の、破綻？」

自分の言った言葉に、何らかのインスピレーションを受けたようだった。眉間《みけん》に左手の人差し指を当てて、そのまま硬直《こうちょく》するサヤ姉。

やがて右手の人差し指だけが、虚空《こくう》に文字を刻むようにせわしなく動き始める。

「生徒会長？」

サヤ姉の突然《とつぜん》の不審な行動に、明日香先輩がおずおずと問いかける。

その声は、今のサヤ姉には届かない。オレの声も、信司の声も、届かない。それこそ血を分けた肉親の声だって。

耳元で大声をあげればさすがに気づいてくれるだろうけど、それをやったら精神に重大な障害を負うような目に遭わされること請《う》け合いだ。素人《しろうと》にはお奨《すす》めできない。

「気にしないでいいですよ。思考時間に入っただけですから」

オレはあっけらかんと笑いつつパタパタと手を振《ふ》る。

先輩は「なにそれ？」という視線をオレに向けてくる。

「昔からよくあるんです。何か閃《ひらめ》くと、こうして自分の考えに没頭《ぼっとう》しちゃうんです。それをオレらは思考時間って呼んでます」

「は～、さっすが天才ね～」

先輩は感心したようにサヤ姉に魅入《みい》る。

「そう言えば先輩、かの発明王エジソンの有名な言葉、知ってます？」

以前サヤ姉から聞いた話を思い出して、オレはそう先輩に切り出した。

「それぐらい知ってるわよ。『天才とは一パーセントの才能と九九パーセントの努力』ってやつでしょ？」

「それ、間違いだそうです」

「ええ⁉　そうなの？」

先輩が驚きに目を丸くする。

「サヤ姉から聞いた受け売りなんですけどね、正しくは、『天才とは一パーセントのインスピレーションと九九パーセントの努力』です。インスピレーション、つまりは閃きです」

「へ〜」

「しかもこれ、努力の大切さを謳《うた》う名言にされてますけど、彼にインタビューした新聞記者が勝手にそういう美談に仕立て上げただけだそうです。実際のところエジソンは、『閃き』を殊《こと》のほか大事にしていたみたいで、『一パーセントの閃きがなければ九九パーセントの努力も無駄《むだ》になる』っていう意図の発言だったそうですよ」

「そうなんだ〜。じゃあ凡人《ぼんじん》は努力しても無駄ってこと？　エジソン尊敬してたのにな」

先輩はちょっとショックを受けているようだった。そういや先輩は、幾度《いくど》の失敗にもめげない努力の人だもんな。

「いやいや、先輩。エジソンは一万回の失敗にもめげない努力家でもありますよ」

とりあえずフォローしておく。晩年は死者との対話の研究に没頭したらしいしな。この会話を聞かれて変にたたられても困る。

「ここからが本題なんですけど、去年、サヤ姉に告白してきた男子がいたらしくて」

「そうそう。今年の春に卒業してもういないんですけど、何でもめちゃくちゃハンサムで、成績もずっと学年トップで、性格もすっごく優しくて気配り上手で、校内の女子からは『王子様』って呼ばれてファンクラブまであるほどの人だったそうなんですけど」

信司も話に乗ってくる。オレらは悪友ゆえの阿吽《あうん》の呼吸でタイミングを合わせて、

「「あなたからは閃きが感じられないわ」」

そして、二人してふぁさっと髪を掻《か》き上げる真似《まね》。

「で、あっさりと振っちゃったんですよ。もったいねえ！　あははは」

「さすが天才、言う事が違うよなぁ。その男子、茫然《ぼうぜん》としてその場から動けなかったらしいぜ。くくくく」

二人して声をあげての大爆笑《だいばくしょう》。

でも、先輩はちっとも笑っていなくて。むしろ表情を硬《かた》くしていく。

「アレ、先輩。面白《おもしろ》くありませんでした？」

「オレらの身内には大うけだったんですけど」

「う〜ん、なんというか、その〜………後ろ」

「「後ろ？」」

指差された方をオレと信司が振り返ると、見た者を石に変えるという伝説のメデューサがそこにはいた。

いてて、サヤ姉め、容赦《ようしゃ》なくブン殴りやがって。女の癖《くせ》してマウントポジションをとるってどうよ？

くそう、なんか今日はいじられまくるわ、殴られまくるわ、んで、トドメに頼《たの》みの綱《つな》の天才サヤ姉にお手上げ宣言されるわ、まさに厄日《やくび》もいいところだ。

本当に、どうしようもないのだろうか。

諦《あきら》めるしか、ないのだろうか。

……って、オレは何を弱気になっているっ！

先輩と付き合えなくなるとかそんな次元の話ではなくて、先輩がずっと『絶望』の中に居続けなくちゃいけないなんて、あまりに可哀想《かわいそう》すぎるじゃないか。

何としてでも、先輩の予知夢が絶対じゃない事は証明しなくちゃいけないんだっ！

……あれ？　待てよ。

「そもそも予知夢の内容を変える必要って、ないんじゃないか？」

ふと頭に閃くものがあって、オレは誰に言うでもなく呟く。

「どういうこと？」

反応したのは、もちろん先輩だった。

「いや、前に先輩、パンドラの箱の話、してくれたじゃないですか。未来が視える事、それが災厄《さいやく》なんだって。よくよく考えてみれば、先輩の『絶望』を根本的に解決するには、予知夢で視た未来を変える事にこだわるよりも、そもそも予知夢を視ないようにするのが一番じゃないかなって」

オレが思いついた事をたどたどしく言い終えると、パシンとサヤ姉が自分の顔を覆《おお》うように叩いて、天を仰《あお》ぐ。はぁぁぁぁぁぁっとか長い溜息《ためいき》までしてるし。

「なんだよ、オレ、なんかすっごいトンチンカンなこと言った？」

「いえ、いいアイディアよ。あんたらが未来を変える事にこだわってたから、それにつられて見逃《みのが》していたわ。あたしとしたことが……近年稀《まれ》に見る不覚だわ」

なるほど、察するにオレごときに先を越《こ》されたから悔しかったわけか。まあ、自他共に認める天才だからなぁ。凡人に出し抜かれてはいい気はしないだろう。

「たくっ、ほんとあんたってば時々、あたしより先に正解に辿《たど》り着《つ》くのよね。カー坊のくせに、ほんと生意気」

あれ？　言葉自体は憎《にく》まれ口《ぐち》なんだけど、よく見るとなんでかサヤ姉はニヤリと嬉しそうに口元をほころばしていた。ほんとよくわからない人だ。やっぱり天才は凡人には理解できないところがある。

「でも、わたし、夢をコントロールなんて、まるでできないですよ？　むしろ今まで視ないようにしようって何度も試みたけど、全然うまくいかなくて……」

「まあ、確かに視る夢をコントロールなんかできたら、世の中、悪夢でうなされる人はいないわよね。でも、可能性がゼロというわけじゃ、ない」

「え？」

「確か、あなたは強く関心を覚えたものの未来をよく視る傾向《けいこう》があるのよね？　つまり深層心理が視る内容に影響《えいきょう》を与えているということ。わかる？　あなたが全く干渉《かんしょう》できないってわけじゃないのよ。ゼロと一の差は、果てしなく大きいわ」

「だよな。ゼロと一の差ってでかいよな！　よーし光明が見えてきたぁっ！」

オレはバシッと二《に》の腕を叩いてガッツポーズする。ようやく、本当にようやく、オレは先輩の絶望を晴らす手掛《てが》かりを得られた気がする。心が高揚《こうよう》し、か〜っと身体が熱くなってくる。

「そう……ね」

てっきり喜んでるだろうと思っていたら、先輩は何故《なぜ》か逆に暗い顔でうつむいていた。

う〜ん、やっぱり何度となく挫折《ざせつ》を繰《く》り返しているから、またどうせ失敗に終わる、みたいな諦観《ていかん》があるのかもしれない。

ほんと早く、先輩を予知夢から解放してやらないとな。

「そう言えば、先輩っていつ頃《ごろ》から予知夢視ているんですか？　やっぱり何かきっかけとかあったりしました？」

やっぱり問題の解決には、まず原因を知ることが一番だろう、と思って聞いてみる。

「物心ついた頃《ころ》には、視ていた、かな。当時は夢と現実がこんがらがって境目があいまいだったことを、よく覚えているわ」

「ってことは先天性ってことかぁ」

吐《は》き捨《す》てつつ、俺《おれ》は顔をしかめる。生まれつきっていうんじゃ原因究明なんてできそうにないよなぁ。また振り出しに――

「……いえ、そうとも限らないわ」

サヤ姉が口元に手を当て、少し考え込みながら口を開く。

「観田さん、失礼を承知で聞くわ。もしかして、貴女《あなた》のご両親って、すっごく仲悪かったりしない？　日常的にお互《たが》いを口汚《くちぎたな》く罵《ののし》り、暴力や物が飛《と》び交《か》ってたり、しない？　もしくは……何か虐待《ぎやくたい》とか受けてない？」

「っ！」

先輩が驚愕《きようがく》を顔に貼《は》りつかせ、大きく目を見開いてサヤ姉を見る。その一連の仕草が何よりも雄弁《ゆうべん》にサヤ姉の言葉が真実であることを物語っていた。

先輩、そんな家庭で育ってきたのか……。本当にこの世には神も仏もいない。なんでこんな優しい人が、不幸ばかり背負《せお》わなくちゃいけないんだよ。

「やっぱり、ね」

「あ、いえ。殴られたりとかはしたことありませんし、両親の仲も悪くない、です。ただ、わたしが覚えている一番古い記憶《きおく》は、原風景は、両親がお互い鬼《おに》のような形相で喧嘩《けんか》しているところ、なんです」

思い出すのもつらいのか、先輩は表情をしかめつつ言葉を紡《つむ》いでいく。

「あ〜、無理に言わなくていいから。ごめんね。イヤな事思い出させちゃって」

サヤ姉がパタパタと手を振って先輩を制止する。

「でも、なんでそんなことわかったんだ、サヤ姉？」

この人がなんとなくで無神経な質問をするはずがない。なんらかの根拠《こんきょ》があって言ったのは間違いないのだ。

「ポルターガイスト現象って知ってるわよね？」

「確か触《ふ》れてもないし地震《じしん》でもないのに部屋の中の物が揺《ゆ》れたり、変な音がしたりするヤツだよな？」

オレは相槌を打ちつつ答える。先程《さきほど》少し話題になったいわゆる超常現象ってやつだな。

「そう。この現象は思春期の少年少女といった心理的に不安定な人物の周辺で起きるケースが多いとされているわ」

サヤ姉は『心理的に不安定』と言う言葉を強調して言う。

それでピンと来た。子供が心理的に不安定になる要因と言えば、いの一番に思いつくのは両親の不仲と、親からの虐待だ。

「幼児だった観田さんは両親の喧嘩する姿を見て恐ろしくて、『ここから逃《に》げ出したい』と強く思ったんじゃないかしら」

「それで能力が発現して、未来に逃げるようになった?」

オレの言葉に、サヤ姉はコクリと頷《うなず》き、

「まあ、あくまで根拠のない仮説だけどね。ただ心の力って物理的にありえない奇跡《きせき》を起こす時が、確かにあるのよ。特に思いこみの激しい幼児なんかは顕著《けんちょ》ね。凄《すご》くかゆがっている場所にとっても良く効くお薬ですよ〜、と言ってただの乳液を塗《ぬ》ったら全然かゆがらなくなったりしたとか、これ凄く熱いのよ〜、と言ってただの鉛筆《えんぴつ》を手に押し当《あ》てたら水ぶくれが出来たとかいう事例が少なからずあるわ」

「なるほど」

「以上を踏《ふ》まえて、手っとり早く結論を言うわね。観田さんの能力はトラウマに起因している可能性がある。なら、トラウマを克服《こくふく》すれば……」

「未来に跳《と》ぶことがなくなる？」

「あくまで可能性はある、ってところよ。むしろ失敗の可能性の方が高いんだから、変に期待しないでね」

「いや、でも、試す価値は十分あるだろ」

だって、先輩には実際にトラウマとも言うべき『心の原風景』があったのだ。

オレは勢い勇んで先輩のほうを振り返る。

「先輩、早速《さっそく》病院行きましょう！」

駅の近くの城西《じょうさい》病院なら大きいし、精神科とかもあったはずだ。学校からも遠くないし、今からならまだ十分受診《じゅしん》できる。

「え？　今から？　えっと、その……」

先輩は妙に驚いた様子で、言葉を濁《にご》しつつ視線を右往左往させる。明らかに挙動不審《きょどうふしん》だった。もしかして、言い訳を探している？

行きたく、ないのかな？

あ～、興奮しすぎてちょっと気が急《せ》きすぎてた。トラウマと向き合うには相当量の勇気がいるってどっかで聞いたことがある。しかも先輩のは、超能力《ちょうのうりょく》が発現するほどなのだ。

さすがに心の準備をする猶予《ゆうよ》期間ぐらい当然必要だよなぁ。

ちょっと自己嫌悪《けんお》。こういう細やかな心配りができないから、オレは先輩に乙女心《おとめごころ》がわかっていないとか言われるんだよ。ほんと直さないとなぁ。

「明日ちゃんと行くから。今日は、ちょっと、ね」

そう言って、先輩はどこか儚《はかな》げに微笑んだ。


その後は特にこれといった案が出ることはなく、なし崩《くず》し的に第一回会議は閉会した。未来を変える方法はともかく、先輩の予知夢を止められるかもしれないという希望が出てきたのは素直に嬉《うれ》しい。

下駄箱《げたばこ》で靴《くつ》を履《は》き替《か》えて、校舎を出る。オレたち以外に帰宅する生徒の姿はない。少し歩くと、すぐに校門にさしかかる。

もうお別れ……か。先輩とオレの家は、まったくの逆方向なんだよなぁ。

「先輩、またあし…」

振ろうとした手を、すっと押さえられた。

「ねえ、今日も一緒《いっしょ》に遊ぼっか」

聞《き》き間違いかと思った。出会ったばかりの頃は、「君の家は？　あっち？　じゃあわたしはこっちだから」とすげなく言われたものなのにっ！

まさか先輩のほうから誘《さそ》ってくれるようになるなんてっ！

「もちろんですっ！」

オレは二つ返事で頷く。オレのこの一カ月のがんばりは、決して無駄ではなかった。先輩の心の氷を、少しずつ解かしていたのだ。

さあ、昨日おあずけになったデートの続きを……

「じゃああたしも付き合うわ」

「サヤさんが行くなら、もちろんオレもお供します」

ひょいっとお邪魔虫二人が話に割り込んでくる。やっぱそうなるのよね。わかってた、わかってましたよ。でも少しぐらい夢見させてくれたっていいじゃないかよぅ！

「あれ……」

何かおかしなものでも見つけたのか、先輩が校舎のほうを振り向《む》き、

「「ん？」」

オレたちもつられて、そちらのほうを振り返る。

「逃げるよ」

オレの腕を引っ張りつつ、先輩が小声でささやく。

意図を察し、オレもなるたけ音を立てないよう気をつけつつその場から離《はな》れる。

「なによ、なにも……ああああっ！」

「ちょっ、サヤさん、耳元で、って、ええええっ！」

ようやく二人が逃げるオレたちに気づき大声をあげる。

同時に、オレと明日香先輩《せんぱい》は忍《しの》び足《あし》から本気走りへと移行する。あいつらが呆気《あっけ》にとられているうちに、出来る限り引《ひ》き離すのみっ！

「信司、追いなさい！」

「サー、イエッサー」

信司が自転車に飛び乗り、猛然《もうぜん》と追いかけてきた。このサヤ姉教の狂信者《きょうしんしゃ》め！　てめえは友人の恋愛《れんあい》を温かく見守ろうとか思えねえのか!?

「こっち！」

先輩に促されるまま、オレたちは角を曲がり、車が何とか通れる程度の狭《せま》い路地に入る。

さすがに自転車に人の足で勝つのは困難だ。次々と角を曲がり、こちらの姿を見失わせるのが上策だろう。なんて思っていたら、

「ここに隠《かく》れるよ」

先輩は手近にあった家の鉄格子《てつごうし》の外扉《とびら》を開き、こともなげに庭に侵入《しんにゅう》する。

「親戚《しんせき》の家ッスか？」

「見も知らぬ他人の家」

「そりゃいくらなんでも無茶《むちゃ》すぎでしょ⁉」

「ほら、早く」

ためらうオレを、先輩はぐいっと強引《ごういん》に引っ張り込み、壁《かべ》の陰《かげ》に押し込む。

「ちぃっ、あいつらどこ行ったんだ？」

間を置かずして、信司の声がすぐ傍から聞こえてきた。間一髪《かんいっぱつ》、だったな。

「はあはあ、信司、捕《と》らえたの？」

サヤ姉の声。走ってきたのか息が乱れてる。あのさぁ、なんでそこまで弟の恋愛を邪魔することに躍起《やっき》になってるの？

「すみません、見失いました」

「くっ、まだ遠くへは行っていないはずよ」

「あっ、サヤさんあれっ！」

ちぃっ、見つかったか⁉　オレは壁に張りついたまま固く目をつぶる。

ああ、またしても先輩とのデートは夢と消えるのか……。

「これは……観田さんの生徒手帳？」

「走ってる拍子《ひょうし》に落ちたみたいですね」

良かった。見つかったわけじゃなかったのか。バクバクする心臓を、オレは思わず押さえる。この音が、あいつらの耳に届きませんように……。

「となるとこっちッスね。うぉぉぉぉ、逃がすかぁぁぁ！」

叫《さけ》ぶ信司の声がどんどん遠ざかっていく。

「あっ、こら。せっかちなヤツね。罠《わな》の可能性ぐらい考えなさいよ」

サヤ姉の声に、先輩が息を呑《の》む。

「罠だとすればこっち……いえ、それすら罠で、この辺の民家に隠れてるって可能性もあるわね」

まさか言い当てられた正解に、オレと先輩は二人、両肩《りょうかた》をギクッと跳《は》ね上げる。本当にエスパーかよ、あの人は⁉　や、やっぱりサヤ姉だけは敵に回したくねえ。

「でも、あれほど目立っているのに、観田さん、素行の悪評は一つもないのよね。つまり優等生タイプ。そんなことはしない、か。生徒手帳を囮《おとり》に使うとも考えにくい。本当に偶然ってことね。となると、カー坊あたりが考えそうな、次々と路地を曲がってこっちを見失わせようって作戦かしら。なら、まず左に曲がって次は右で……」

よ、読まれてる⁉　オレの行動って、そこまで筒抜《つつぬ》けなんですか？

「つい考えてしまうのはあたしの悪いクセね。時間をロスしたわ」

その声を最後に足音がみるみる遠ざかっていき、やがて聞こえなくなる。

行った……か？

「ふう、上手《うま》くいったみたいね。咄嗟《とっさ》に手帳を投げておいたの」

「信じられない事しますね。なくしたらどうするんです？」

感心するのを通《とお》り越して、オレは呆《あき》れてしまう。生徒手帳って一応、身分証明書なわけで。当然、悪用されたりする危険性も高く、うちの学校では紛失《ふんしつ》した場合、長い説教に反省文を書かされたりと、けっこう面倒《めんどう》なのに。

他人の敷地《しきち》への無断侵入と言い、先輩ってこんな無茶する人だったたっけ？　茶目《ちゃめ》っ気《け》はあるけど、基本、サヤ姉の言うように品行方正な人だったはずなんだけど。

「あの二人なら拾ってくれるでしょ。さあ、さっさと出よっか」

「あっ、そうですね」

一も二もなく頷くオレ。なにか妙な違和感が心に棘《いばら》のように刺《さ》さっていたが、今は先輩の言う通りここから出るのが先決だ。家の人に見つかれば立派な家宅侵入罪《しんにゅうざい》だ。まだ高校生だと言うのに、警察の御厄介《ごやっかい》になって前科一犯の烙印《らくいん》は押《お》されたくない。

外の様子をうかがって安全を確認《かくにん》してから、こっそりと庭を出る。あの二人がまたぞろ戻《もど》ってくるかもしれない。迅速《じんそく》にこの場は離れたほうが無難だろう。

「さて、じゃあ先輩、今日はどこへ行きましょう」

「そうね、とりあえず……」

先輩がそっとオレの手を握《にぎ》ってきた。しかも、指を絡めるこの形は、もしかしなくても、いわゆる噂《うわさ》に聞くアレ、恋人《こいびと》つなぎってやつですか!?

「せせせせせ、先輩!?」

無様なまでにどもりまくり、声は素《す》っ頓狂《とんきょう》なまでに上ずっていた。

「ん～、どうしたのかなぁ？」

その声には多分に悪戯《いたずら》っ気が含《ふく》まれていた。

わかってる。この人、わかっててやってるよ。オレの反応を楽しんでやがる！　小悪魔《あくま》がここにいる！

「恥《は》ずかしいの？　女の子に手を握られたぐらいでそれじゃあ、先が思いやられるなぁ」

「むっ！　そんなわけないじゃないですか！」

挑発的《ちょうはつてき》な言葉に、オレは反射的に否定の言葉を口にする。本当は顔から火が出るぐらい恥ずかしいけど、そう言うしかない。男には意地ってものがあるんだ。女の子には馬鹿にしか見えなくても……な。

「ふ〜ん、じゃあ、これは？」

今度はぎゅっと腕に抱《だ》きつかれる。二の腕辺りに感じる、この柔《やわ》らかくてふくよかな感《かん》触《しょく》は、やっぱり先輩の……。

「鼻の下伸びてるよ？　な〜に考えてるのかなぁ？」

ニヤニヤとオレの顔を覗《のぞ》き込んでくる先輩。その顔が、少し赤く火照《ほて》ってるように見えるのは、オレの気のせいなんだろうか。

「べ、べべべ別に何も考えてなんかいませんよっ！」

今日の先輩は、いったいどうしたんだ⁉　おかしい！　絶対になんかおかしい！　これは何かの罠なのか？　ああっ、でも、でもっ！　こんなに甘美《かんび》な罠にならら、ずっとハマっていたいっ！

「ウソツキ〜。このすけべ〜」

なんて言うけれど、先輩は腕をぜんぜん離そうとはしなくて。むしろ抱きしめる力を強めてきたりして、それは強烈《きょうれつ》にあの感触を意識させられて……。

もう顔どころか脳みそまで茹《ゆだ》って思考がうまくまとまらない。何がいったいどうなってるんだ⁉

「そうだ。近くに大きな公園があったでしょ。今日はそこへ行こうよ。ね？」

可愛《かわい》らしくおねだりされて、もうオレにはコクコクとただ頷くことしかできなかった。


「ねえ、あれ。あれに乗ろう！」

先輩は池に浮かぶボートを指差し、ぐいぐいっとオレの腕を引っ張っていく。

楽しそうな笑顔《えがお》が、眩《まぶ》しい。校内にいる時の姿からは、ちょっと想像できないくらいのはしゃぎようだった。っていうか、いくらなんでもはしゃぎすぎじゃね？　まあ、デートしている身としては、男冥利《おとこみょうり》に尽《つ》きるけど。

園内にはオレたちの他にも制服を着た男女のカップルがちらほらと見受けられた。確かこの公園って、うちの学校の生徒の間では、定番のデートスポットだったっけ。

視界の隅《すみ》でスズランの花が揺れている。四季折々の変化が楽しめるのも、ここの売りの一つだ。

近くの発券機で乗船券を買って、係のおじさんに渡す。ちょうど一つボートが空いていて、待たずに乗れそうだった。オレはそおっとバランスを取りつつボートに乗り込む。

「先輩」

振り返り、手を差し出す。

「え……あ、うん」

先輩はボートに乗るのが初めてなのか、見るからに腰《こし》が引けていて、躊躇《ためら》う素振《そぶ》りを見せた。さっきまであんなに乗り気だったのになぁ。いざ近くで見ると怖気《おじけ》づいちゃったか。

なんか小動物っぽくて、可愛い。

「大丈夫《だいじょうぶ》ですよ、ほら」

差し出した手を一層伸ばして、強引に先輩の手を取って引く。

それで決心がついたのか、先輩はコクンと頷いて、

「えいっ！」

と、勢いよくボートに飛び乗ってくる。って勢いよく!?

咄嗟に先輩を抱き留《と》めたものの、グラグラとボートが激しく揺れ、オレたちはバランスを崩して倒《たお》れ込んだ。

「つつっ、飛び乗りは危ないですよ、せんぱ……」

痛む背中をこらえつつオレが目を見開くと、吐息《といき》がかかりそうなぐらい間近に先輩の顔があって、思わず唾《つば》を飲む。

リップクリームを塗っているのだろう、そのピンクの唇《くちびる》はなめらかで、つややかで……

ちょっと首を持ち上げたらキスできそうだよなぁ……。

「あはは、ごめんね」

ペロッと舌を出す先輩がまた可愛くて、オレの心臓が一気に加速する。身体全体で先輩の温《ぬく》もりを感じた。先輩って実は着痩《きや》せ……って、真っ昼間なのにさっきから何を考えているんだ、オレは⁉

ダメだ。この体勢は危険すぎる。このままではオレの心の中に棲《す》みついた獣《けもの》が目を覚ましてしまう。

「あれ、なにか腰のあたりに固い、物が……」

「うわあああああ⁉」

がしっと肩《かた》を掴《つか》んで、強引に先輩の身体を起こす。ってこの姿勢はこの姿勢でやばすぎるぅ！　今の先輩はちょうどオレの大事なところの上で馬乗りになっているわけで、ちょっとアレを想像しちゃう体位だったりして……

なんてえろえろしてる場合じゃねえっ！　このままじゃオレのエレクチオンが先輩にバレるっ！　気づかれたらいくら先輩が寛大《かんだい》な人だからってさすがにお終《しま》いだ！　可及的速《かきゅうてきすみ》やかに身体を離さないとっ！

「す、すみません、先輩！　はっ、はやくどいてもらえると……」

「あ、うん。あれ、なんか髪《かみ》が君のボタンに引っかかって……」

だからそこでもぞもぞしないでーっ！

こすられるとっ！　今そこをこすられるとぉぉぉっ⁉　ナニかが、ナニかが暴発してしまううううっ！

「あっ、とれた」

「ふおぉぉっ！」

奇声《きせい》とともにオレは両腕《りょううで》に力を込め、出来得る限り迅速に先輩の下から自らの身体を抜く。ちょっと先輩には乱暴な振る舞いになってしまったかもしれないが、もうここは緊急《きんきゅう》避難《ひなん》なんで許してもらうしか……

「あんっ⁉」

だああっ、艶《なま》めかしい声を出さんでくださいぃっ！

尻《しり》もちをついた先輩は、今にもスカートの奥《おく》が見えそうで、すらりと伸びたおみ足は見るからにすべすべとしていて眩しくて、オレの視線を釘《くぎ》づけにするしぃっ！

ああ、もうっ！　お願いですから、これ以上刺激《しげき》しないでぇっ！

「うおりゃあああああっっ！」

咆哮《ほうこう》とともに、オレはがしっとオールを掴んで力いっぱい漕《こ》ぐ。

とにかく漕ぐ。ひたすら漕ぐ。

煩悩《ぼんのう》退散、煩悩退散、煩悩たいさぁぁぁん‼

「こぉら！」

ビシッとチョップがオレのおでこを打つ。

オレが顔をあげると、ちょっとムッとした顔の先輩がいて。

「君はそんなにわたしと一緒にボートにいたくないの？」

「え⁉　いや、そんなわけないじゃないですか！」

「じゃあ、もっとゆっくり、ね？」

優しく諭《さと》すような口調でそう言われ、オレは何も言えなくなる。

ざあああっと木々が揺れる音。

風が運んでくる鳥の囀《さえず》り。

チャポンと魚が水面を跳ねる音。

オレたちは特に言葉を交わすこともなく、それらをまったりと楽しむ。

……まあ、実を言えば、そんなものよりオレの関心は、俄然《がぜん》、先輩だったりするんだけどな。だって考えてもみてくれ。片想《かたおも》いの女の子と二人っきりで向かい合って座《すわ》っているんだぜ？　しかもさっきは不可抗力《ふかこうりょく》とは言え抱《あ》き合ったりして。これで他のものに意識がいく男がいてたまるかってんだ。

「初めて来たけれど、良いところね、ここ」

沈黙《ちんもく》を破ったのは、先輩のそんな一言だった。その声に、オレは思わずびくっと身体を震《ふる》わせるが、幸い、オレの視線には気づいていないようだった。

その愛《いと》おしそうな視線の先を追ってみると、カルガモの親子が仲良く水辺で遊んでいた。まだ生まれたばかりなのか、親鳥の背中に乗っている雛《ひな》なんかもいて、実にほのぼのとしていて、見ていると和《なご》む。

「それはもったいない。四月の桜とか、とても見物でしたよ」

オールを漕ぐ手を休め、オレは言った。入学式の帰りに、ここでサヤ姉や信司とどんちゃん騒《さわ》ぎしたんだよなぁ。ほんの一月ちょっと前のはずなのに、色々あったせいでヤケに遠く感じる。

「へ～、それは見たかったなぁ。残念」

「来年、一緒に見に来ましょう。サヤ姉や信司も誘って」

二人っきりも捨てがたいけれど、花見はやっぱり多人数で賑《にぎ》やかなほうがいいよなぁ。

「……うん、来たいなぁ」

春に想《おも》いを馳《は》せているのか、先輩は感慨深《かんがいぶか》げにそう呟《つぶや》いて遠い目をする。それからまた二人の間を沈黙が支配して、ボートが降り場へとたどり着く。その頃には辺りは薄暗《うすぐら》くなっていて、デートの終わりを予感させた。

もっともっと先輩と一緒にいたいのに、と寂《さび》しさが胸に去来する。

「わあっ！」

突然、先輩が感嘆《かんたん》の声をあげて駆《か》け出す。目でその先を追ってみると、ライトアップされた噴水《ふんすい》が七色に輝《かがや》き、夕闇《ゆうやみ》に幻想的《げんそうてき》に浮かび上がっていた。

先輩はしばし魅入ったようにそれを眺《なが》め、やがてくるりとオレのほうを振り返った。

「ごめんね、変なことに巻きこんじゃって」

変なこと？　ああ、あの二人を置いてきぼりにしたことか。帰ったらサヤ姉のお仕置きが待っているとしても、それが何だというのだ。先輩に誘われたら、オレは何度だって今日のように一も二もなく応じるだろう。

「いえいえ、先輩とデートできるなんて光栄です」

「ううん、そっちじゃなくて。君にはわたしと一緒にいることで、色々と迷惑《めいわく》をかけていると思うから……だから、謝《あやま》っておきたかったの」

「別に迷惑なんか被《こうむ》っていませんけど？」

オレは首を傾《かし》げる。

「ラプラスの使い魔」

「うっ」

思いがけない一言に、思わず詰まる。

「君がみんなからそう噂されてるの、知ってる。わたしなんかと関《かか》わったから、君までそんな目で見られてる。君の為を思うなら、さっさと離れなきゃいけなかったのに……」

先輩は悲しそうに、申し訳なさそうに、目を伏《ふ》せる。

そんなの気にしてないですよ、と喉元《のどもと》まで出かかった言葉を慌《あわ》てて呑み込む。忌避《きひ》の眼《め》で見られるのは、誰《だれ》だって楽しいもんじゃない。その苦しみを、先輩は知り尽くしている。

安易な嘘《うそ》は、すぐばれるだけだ。

「どうせすぐに気味が悪くなって、わたしの傍から離れていくと、そう思ってた。でも、君は全然諦めなくて、次第《しだい》にわたしも君と一緒にいるのが楽しくなってきて、君がみんなから変な目で見られているのがわかっても、離れるのは寂しくて……また独りになるんじゃないかって怖《こわ》くて……」

「先輩……」

何か言ってあげなくちゃいけないのに、オレの口はまったく動いてくれなくて。

孤独《こどく》なんて誰だって嫌《いや》で、誰かと一緒にいたいって思うのはごく自然のことで、そんな当たり前のことに、この人はなんでこんなにも罪悪感を抱いているのだろう。なんでこんなにも、先輩は自分を卑下《ひげ》しているのだろう。

綺麗《きれい》で、笑い上戸で、負《ま》けず嫌《ぎら》いで、ちょっと意地悪で、小悪魔《こあくま》で、そして自分を犠牲《ぎせい》にしても誰かの為に動けるような優《やさ》しさを持った、一緒にいると心が暖かくなる、そんなとっても素敵《すてき》な女の子なのにっ！

ああ、とようやくオレは、先輩にかけるべき言葉を思いつく。それは慰《なぐさ》めや、否定の言葉じゃなくて、

「先輩と出会えて毎日楽しいですよ。とても」

「え？」

先輩がうつむいていた顔をあげる。

何一つ嘘はついていないので、オレは堂々とその視線を受け止めた。

「そんなに意外ですか？　オレを乙女心がわかってないってよくからかってくれましたけど、実は先輩もけっこう鈍《にぶ》かったんですね」

「だ、だって……わたしといたって、君にとっていい事なんて一つもないじゃない。失敗ばかりで毎日毎日徒労を重ねて、みんなから奇異《きい》の目で見られて、スケベなことだって何もさせてあげてないし、小学校から続けてたっていう空手だってやめちゃったし、それに

感情が爆発《ばくはつ》しすぎて、それ以上は言葉が続かないみたいだった。

空手をやめたのは、中学時代、暴力事件を起こしたからなんだけどな。幸いサヤ姉のおかげで問題にはならなかったけど、後先考えない性格はそうそう直りそうにないし。無関係な部の連中をオレの都合に巻き込んで、また迷惑をかけたくなかったのだ。

「まあ、確かに色々と大変なこともありますけど……」

「そうでしょっ⁉」

「先輩が笑ってくれますよ」

我ながらちょっと気障《きざ》だよなぁ、と恥ずかしくなってオレは鼻の頭を掻く。

それでもこれが正真正銘《しょうしんしょうめい》、嘘偽《うそいつわ》りない本音なのだ。恋《こい》をするって、本当に不思議だ。理性で考えたら、これだけじゃぜんぜん割に合わない。

なのにそれでいいって、それで苦労が全部チャラになって報《むく》われたって思えてしまう。

先輩が、オレの大好きな女の子が、悲しく塞《ふさ》ぎこんだりしないで、楽しそうに笑ってくれるなら、これからだっていくらでも頑張《がんば》れるって思えてしまう。いつかは、『絶望』だって打《う》ち払《はら》ってやるさ、と心に炎《ほのお》が燃えあがる。

「オレに悪いなと思うなら、笑ってください。そんな顔されると、どうしていいかわからなくて、オレはもっと困ります。実際、今すっげえ困り果ててます。内心おろおろと慌てふためいています」

言って、オレは思いっきり渋面《じゅうめん》をつくる。

先輩はしばし唖然《あぜん》とした顔で、マジマジとそんなオレを見つめて、

「……………ぷっ、くくく」

ようやく、笑みを零してくれた。

良かった。やっぱり先輩は、笑ってる顔がいちばんだ。

「君は……君はほんとうに……いい男だね」

「背が高ければ、でしょ」

禁断の自爆《じばく》技を使って、オレはおどける。

「そんなこと、ぜんぜん問題ないよ。今、証拠《しょうこ》を見せてあげる」

オレを見つめる先輩の瞳《ひとみ》は、蕩《とろ》けそうなほどに艶めかしかった。

「へ？」

いつもとまるで違《ちが》う妖艶《ようえん》な雰囲気《ふんいき》に、オレは戸惑《とまど》う。

「目を……閉じて……」

「え、え、えっ⁉」

それって、それって、それってぇ⁉

「せ、せん……ぱい……？」

「聞こえなかった？　目を、閉じて……」

甘《あま》く優しい声で繰り返される。

「は、はいっ！」

ぴしっと直立不動の姿勢をとって、オレは目を固くつぶる。

ざっざっと先輩の足音が近づいてくる。

うわうわ、心臓がバクバクしてる。き、緊張《きんちょう》しすぎて、息が……。

そっと先輩の冷たい手が、オレの頬《ほお》に添《そ》えられた。やっぱり、やっぱりこれって……

むに～～～～～～。

「っつっ⁉」

唐突《とうとつ》に疾《はし》った頬の痛みに、思わずオレは目を見開く。目の前には先輩がにんまりと小悪魔の表情を浮かべていて、オレの頬を引っ張っていた。

「ふぇ、ふぇんひゃい？」

「あはは、変なかお～」

満足気にそう言って、ようやく先輩がぱっと手を離す。

「ふふふ、わたしがキスすると思った？　思ったよね？　あはは、や〜い、騙《だま》されたぁ！」

オレを指差し、本当に楽しそうに笑う先輩。

オレはわなわなと身体を震わせる。

「い、い、い、い……」

「い？」

「いくらなんでもあんまりだぁぁっ!!」

オレの魂《たましい》の咆哮が公園にこだました。

「えー？　でもわたし、笑ったほうがいいんでしょ？」

言ったけど。そうは言ったけど。

嘘は何一つ言ってないけど。

「これはないっ！　ここまで期待させておいて、さすがにこれはないですよっ！」

顔を真っ赤にして（顔が熱くて仕方ないからわかるんだよ！）地団太を踏むオレ。裏切ったな！　オレの気持ちを裏切ったなっ！　男の純情を弄びやがったなっ！

恥ずかしいやら悔《くや》しいやら憎たらしいやら、もう色々な感情がごちゃまぜになってオレの身体の中で暴れていた。

しかし、先輩はあらぬ方向を向いて、人の話を聞いてすらいやがらない。うわ〜、まるで悪い事したって思ってねえよ、このひと。

いくら惚《ほ》れた弱みがあるからって、オレだって怒《おこ》る時は怒るんだぞ。

「先輩、聞いてるんですか⁉」

声に苛立《いらだ》ちをまぜて問《と》い詰《つ》める。

それでも先輩は、オレの声が聞こえていないかのように、視線を一点に向けたまま微動《びどう》だにしない。茫然としている？　いったい何だってんだ？

オレは先輩の視線を追って、斜《なな》め後《うし》ろを振り向く。でも、そこには特におかしいものは何にもなくて、オレは再び先輩のほうへと振り返る。

「んっ⁉」

唇に感じる、温かで柔らかな感触。

視界いっぱいに広がった、目を閉じた綺麗な先輩の顔。

陶磁器《とうじき》のように透《す》き通った白い肌《はだ》。

その全《すべ》てが愛おしくなって。

彼女《かのじょ》を抱きしめたくなって。

でも、身体はまるで石になったように固まって動いてくれなくて。

やがて唇から温もりが消えていく。

まるでそれが夢か幻《まぼろし》であったかのように儚く消えていく。

「うん、屈《かが》んでするのも、悪くないね」

そう悪戯っぽく笑うと、先輩はトンとオレの両肩を押して離れる。

「じゃあね」

別れの言葉とともに、タタッと逃げるように駆け出《だ》す。

オレの金縛《かなしば》りが解けた頃には、もう先輩の姿は追いつけないぐらいに遠ざかっていた。

だからオレはあらん限りの声を振り絞《しぼ》る。

「先輩っ！　また明日!!」

振り向いた先輩の顔は、なぜか今にも泣き出しそうなぐらい歪《ゆが》んでいて。

でも次の瞬間《しゅんかん》には、柔らかな笑顔で、小さく手を振ってくれた。

その背中を追わなかったことを、オレは後で悔《く》やむことになる。


「ふんふんふ〜ん」

気分良く鼻歌を歌いながら、オレは自宅のドアを開ける。家には人の気配がなくて、不気味な静けさが支配していた。誰もいない家ってのは、どうにも好きになれない。両親二人とも働いてるんだから、仕方ないんだけどな。

玄関《げんかん》の電気をつけて、靴を脱《ぬ》いで居間へと向かう。

「それにしても、まさか先輩のほうからキスしてくれるなんてな〜」

オレはそっと自分の唇に人差し指を当てる。ここに先輩の唇が触れたんだよな……。

うはははっ、やったやったやったあっ‼　公園にいた時は夢心地《ゆめごこち》でいまいち現実って感じがしなかったんだけど、なんかようやく実感が湧《わ》いてきたかも。これってやっぱり、先輩、オレのこと好きになってくれたってことだよな？

今までのオレの頑張りは、決して無駄《むだ》ではなかったたってことだ。明日から彼氏《かれし》彼女《かのじょ》の関係ってやつ？　屋上でお互いの弁当を広げて「あ〜ん」し合ったりなんかしたりして⁉

うーわー、先輩オレを萌《も》え殺す気ですか⁉

……なんて有頂天《うちょうてん》になっていたところに、ズボンに入れていた携帯《けいたい》が二度振動《しんどう》する。

「メール？　誰からだ？」

ポケットから取り出して、メール画面へ移動。

「おっ、先輩からか」

『サブジェクト「今日はありがとう」』

「こっちこそありがとうですよ」

オレはニヤニヤ笑いつつ、早速メールを開く。
読み進めていくうちに、オレの身体から震えが止まらなくなった。
『そして、ごめんなさい。
今日は夢を視なかったって言ったけど、実は視てたの。
わたしの机の上に、花が飾《かざ》ってあった。
クラスのみんなは、わたしが暴漢に襲《おそ》われたって噂してた。
君は机に伏せって泣いていた。
黒板の日付は、明日だった。
もうわかったと思うけれど、どうやらわたしの命は、今夜までみたい。
わたしも一応は、女の子だったみたいでね。
死ぬ前に一度ぐらい、デートってのをしておきたいなって、そう思ったの。
今日はほんとうにありがとう。
こんなに楽しかったのは生まれて初めてだったよ。
君の唇を奪《うば》っちゃったことを謝っておくね。
本当はからかうだけのつもりだったのに、気がついたらしちゃってた。
あんなことをしたら、君に未練が残っちゃうのに……ね。

ああ、よく考えたら、デートしたことも、こんなメールすることも、君に迷惑をかけちゃうだけだよね。

あはは、弱くて、ごめんね。

ほんと……ごめんね。

犬にでも咬《か》まれたと思って、わたしのことなんか、さっさと忘れてください。

君の幸せを、心から願っているよ。

じゃあ、バイバイ』

今日、先輩から感じたいくつかの違和感が、パズルのように組み上がっていく。

頭では理解できているのに、感情が激しくそれを拒絶《きょぜつ》する。

「なんだよ、これ……なんなんだよ、これはぁぁぁぁ!?」

宿命論という考え方がある。それによれば未来は神様みたいな超越的《ちょうえつてき》存在によってあらかじめ定められているらしい。

アカシックレコードという概念《がいねん》がある。そこには宇宙開闢《かいびゃく》からその終わりまで、人類の過去から未来まで、あまねく全ての歴史が刻まれているそうだ。

もし、これらが正しいとするならば。

未来がすでに定まっているとするならば。

わたしたち人類は、その神様の台本の通りに振る舞《ま》う操《あやつ》り人形《にんぎょう》にすぎないのではないか。

わたしたちは自分で決めたつもりになっているだけで、単に神様にプログラミングされた通りに動いているだけなのではないか。

そこに『わたしの意思』なんてものは、はたしてあるのだろうか。わたしは本当に『わたし』なのだろうか。

そんな地獄《じごく》で蜘蛛《くも》の糸にぶらさがっているような不安が、常にわたしの心を蝕《むしば》んでいた。

だからだろう。わたしはどこか、予知夢を視ないようにすることよりも、予知夢を変えることにばかり傾注《けいちゅう》していた。夢に視た未来を変えることが、『わたし』はここにいるんだという証明になると思って、がむしゃらになって頑張った。無茶し続けた。

でも、ダメだった。

ほんのわずかの事象すら、ただの一度すら、わたしには変えることが叶《かな》わなかったのだ。わたしが未来を変えようとした事それ自体が、もともと歴史には組み込まれていたのだ。

そう、『わたし』は単なるプログラムだったのだ。もともと、『わたし』なんて存在していなかったのだ。

なのに、なのにどうして。どうしてこんなにも、『わたし』は消えるのが怖いの？　こんなプログラムを組んだ神様が、正直憎《にく》らしくてたまらない。

死にたくない。死にたくないよぉ。

やっと、やっとなの。

やっとこれからって、思えたの。

助けて。

助けて。

助けてよぉ……。

ある少年の顔が、心に思《おも》い浮《う》かんだ。

『この電話番号は、現在電波の届かないところにおられるか……』

「ちぃっ！」

苛立ちの混じった舌打ちとともに、オレは通話を切り、ソファーに思いっきり携帯を投げつける。先輩、携帯の電源、切りやがったな。

かきむしりたくなるような焦燥感《しょうそう》が、胸でざわめく。息をするのも難しい。呼吸がどんどん荒《あら》くなる。

「こうなったら先輩のところに直接押しかけるまでだ！」

オレは玄関へと走り、靴を履こうとしたところではっと思い出す。

先輩の家って、どこだ……？　オレは一度だって先輩を家まで送ったことはなかったのだ。そんなことまで失念しててどうするよ。

考えろ。こんなときこそ冷静になって考えるんだ。

「そうだ！　サヤ姉、サヤ姉なら……」

生徒会長のあの人なら、生徒の個人情報に触れる機会も少なくないはずだ。あの『天才』は、一度見たことは、絶対に忘れない。たとえ知らなくても、あの人なら学校のサーバーにハッキングして盗《ぬす》み出すことなど容易だ。

居間へと駆け戻り、転がっていた携帯を拾う。

「サヤ姉……出てくれよ……」

研究に没頭《ぼっとう》してたりすると、あの人、平気で居留守を使うからな。コール音の一つ一つが妙《みょう》に長く感じる。

ガチャ。よし、繋《つな》がった！

『カー坊、あんたよくもあたしを巻いて逃《に》げやがったわね！』

「それどころじゃないんだよ、先輩がっ、先輩がっ！」

頭の中がこんがらがって、それ以上は言葉が出てこない。早く、早く伝えなきゃいけないのに。

『……とりあえず落ち着きなさい』

オレの剣幕《けんまく》に、只事《ただごと》ではないと悟《さと》ったサヤ姉が静かに言った。その言葉を聞いただけで、波立った心がいくらか凪《な》いでいくのがわかる。サヤ姉への信頼《しんらい》感がそうさせるのか。それとも幼少の頃《ころ》より叩《たた》き込まれた習性か。

「先輩からメールが来て……そこには先輩は今日死ぬって……」

『なんですってっ⁉』

さすがのサヤ姉も驚《おどろ》きを露《あら》わにする。

「携帯も繋がらなくて。だからオレ、先輩の家に直接……。サヤ姉、先輩の住所教えてくれっ！　サヤ姉なら知ってるだろ!?」

『……知ってるわ。なんだかんだで全校トップクラスの問題児だったからね』

「そっか。じゃあ早く……」

『いやよ』

冷たく無機質な声で、サヤ姉ははっきりと拒絶の言葉を口にした。

オレには一瞬《いっしゅん》、サヤ姉が何を言ったのかわからなかった。ついでぐつぐつと怒《いか》りが沸《わ》き上《あ》がってくる。

「あのな、サヤ姉、今は冗談《じょうだん》言ってる場合じゃ……」

『冗談でもふざけてもいないわ。あんたに教えるわけにはいかないのよ』

「こんな緊急《きんきゅう》時に個人情報保護法もくそもねえだろうがっ！」

オレは苛立ち混じりに叫ぶ。

『そういう意味じゃ、ないわ。あんたを死なすわけにはいかないから、よ』

「死ぬのはオレじゃなくて、先輩だよ！」

もどかしくてたまらない。こんなふざけた問答をしてる暇《ひま》はないってのに。

『あの娘《こ》、学校では至って元気だったじゃない。と言うことは事故か事件よね。それも死人が出るような……』

サヤ姉の言葉にメールの内容を思い出す。

「事件だ。暴漢に襲われたってメールに……」

『そんなところに飛び込んで行って、あんたまで巻き込まれたらどうするの？　大抵《たいてい》の無茶ならあたしがどうにかしてあげるけどね、いくら天才のあたしだって、死んだ人間を生き返らせることはできないのよ？』

「でもこのままじゃ先輩《せんぱい》がっ！」

心から大事に思える人の命が、危ないいんだぞ。今この瞬間にも殺されようとしてるかもしれないんだぞ。多少の危険がなんだってんだ⁉

『……良い娘だったと、思うわ』

サヤ姉は感情の感じられない淡々《たんたん》とした口調で言った。

「過去形で言うなよ！　まだ先輩は死んでない！」

『噂されるような娘じゃなくて、優しくて強くて、本来は独りでいるような娘じゃないって、そう思ったわ。助けてあげたいと、手を貸してあげたいと、心からそう思う』

「だったらっ！」

『でもね、あの娘とあんたを天秤《てんびん》にかけたら、あたしはあんたを取るわ。昨日今日少し話しただけの娘と、あんたじゃ比べるべくもないわ』

声がほんの少しだけ震えていた。幼馴染《おさななじ》みじゃなかったら、きっと見逃《みのが》していただろうほんの些細《ささい》な違い。冷血を装《よそお》うには、サヤ姉は優しすぎるよ。

本当、損な役回りばっかり引き受けちゃうよな、サヤ姉は。憎まれ役《やく》を買って出て、オレを護《まも》ろうとしてくれている。オレの心の逃げ道《みち》になるために。先輩が死んだ後の、オレの怒りの的になろうとしてくれている。オレの心の逃げ道になるために。そういう人だった。

「……心配してくれて、ありがとう」

『カー坊……』

「でも、オレはこれでも男だから。今ここで動かなかったら、オレはずっと後悔《こうかい》を引きずって生きることになる。それはもう、オレじゃない」

声に力を込めて、はっきりと言い切る。

『………はあ、やっぱりそう言うわよね、あんたは。こういう時にあたしが何言ったって聞きはしないんだから』

電話ごしから諦《あきら》めたような重い溜息《ためいき》が漏《も》れてきた。

「馬鹿《ばか》な弟でごめんな」

『大馬鹿よ』

ははっ、まったくだ。サヤ姉には心配ばかりかけてしまう。

『たくっ、しゃあないわねぇ。あたしも力を貸してあげるわ』

めんどくさそうに、嫌々《いやいや》そうに、サヤ姉が言う。

「いいよ。こんな危険なことにサヤ姉を巻き込めねえ」

最初はサヤ姉だけじゃなくて信司《しんじ》にも先輩を捜すの手伝ってもらうつもりだったんだけどな。知ってしまった以上、さすがにもう頼《たの》めない。

「アホ。肉体労働はあんたの仕事でしょ。あたしは知恵《ちえ》を貸してあげるだけよ。今のままじゃあんた、観田《かんだ》さん見つけられたって、目の前で死なれるだけよ？」

「うぐっ」

痛いところを突《つ》かれて、オレは思わず胸を押さえた。今のところ、オレはただの一度も、未来を覆《くつがえ》すことができていないのだ。最後に都合よく奇跡《きせき》が起こると考えられるほど、楽天的にはなれない。

内心、不安に心が押し潰《つぶ》されそうだった。サヤ姉がその頭脳を駆使《くし》して手伝ってくれるというのなら、これほど頼《たよ》りになる人はいない。百万の軍勢を得たに等しい。

『その代わりっ！　上手くいったらあたしの言うこと、何でも一つ、絶対にきいてもらうからね！　わかった⁉』

これがサヤ姉なりの照《て》れ隠しだってのは、すぐにわかった。ずっと敬遠していたから、明日香《あすか》先輩の為《ため》に動く口実が欲《ほ》しいのだ。だからオレもあえてノってやる。

「ああっ！　何個だって聞いてやらぁっ！」

『よし、契約《けいやく》成立。時間は一刻を争《あらそ》うわ。移動しながら話すわよ。今から住所を言うから、さっさと自転車に乗ってそこへ向かいなさい！』

「イエス、サー！」

頼りになる参謀《さんぼう》に冗談まじりの敬意を払いつつ、オレは乱暴に自転車の鍵《かぎ》を引っ掴んだ。


『量子力学の登場により、ラプラスの悪魔《あくま》は否定されたって話は覚えてる？』

イヤホンマイクから流れてくるサヤ姉の声をＢＧＭに、オレは全速力で自転車をこぎ続ける。高校入学のお祝いに親父《おやじ》からこれをプレゼントされた時には、「使わねー」と文句を言ったもんだが、まさか早速《さっそく》役に立ってくれるとはな。

「それって確か、そんな悪魔なんていないって証明できただけじゃなかったっけ？　未来が決まっていることを否定できたわけじゃないって」

他でもないサヤ姉自身がそう教えてくれたのだ。

『ああ、あれ、嘘じゃないんだけど、続きがあるの』

あっけらかんと、サヤ姉はそんなことを言いだした。

『実は不確定性原理の発見とほぼ同時期に、コペンハーゲン解釈《かいしゃく》っていうのが提唱されてるわ。現在はこれが主流ね。量子はいくつかの状態が重ね合わさっている、という解釈をするの』

「重ね合わさっている?」

『あ～もう、説明が難しいんだけど、例えば一個の電子が、A点にいる状態、B点にいる状態、C点にいる状態、それらが共存している状態なのよ。勘違《かんちが》いしないでね、三個の電子がじゃなく、あくまで一個の電子が、A点、B点、C点に同時に存在している状態なの』

「はあ!? 一個なんだろ? 分裂《ぶんれつ》でもしてんの? それとも超高速《ちょうこうそく》移動とか?」

『ううん、あくまで一個なの。一個の電子が、まったく同時に、三カ所に、もっと正確にいえば可能性のある限り何カ所にでも存在する。これを重ね合わせ、スーパーポジションって言うのよ』

「なんじゃそりゃぁぁぁ!?」

頭の中にイメージを思い浮かべようとして、その難解さに匙《さじ》を投げる。

有り得ないだろ? 一が三で、三が一?

『無理に理解しようとしないほうがいいわ。量子力学の基礎《きそ》を築いたシュレディンガーでさえ、このデタラメさに嫌気《いやけ》がさして物理学から生物学に転向したって代物《しろもの》だから。あんまり深く考えないでそういうもんだって思いこんで』

「ううっ」

とりあえず、わかったことがある。量子力学というものが、オレには到底《とうてい》理解不能だってことが、だ。触《さわ》りからしてこれだし。だから昨日、教えてはくれなかったんだな。逆に今になってわざわざ蒸《む》し返《かえ》すってことは、そこに何か重要な意味があるってこと、か？

『当然ながら、今、あたしたちが体感している世界で、こんなデタラメは起きないわ。つまり、このスーパーポジションはあるタイミングで解消され、一点に収束しているものと考えられている』

「まあ、そうだよなぁ」

もしそんなことがまかり通るなら、オレが今ここにいる瞬間も、例えば公園や学校にもオレがいたりすることになる。うわ〜、今それめっちゃ使いてえ。

先輩が家にいない可能性も大いにある。その捜索《そうさく》には猫《ねこ》の手も借りたいってところなのに、他人を危険には巻きこめないというジレンマが一発解消だ。

『このスーパーポジションがいついかなる時点で解消されるのかは、現代科学でも解明されていないわ。ただ少なくとも人間が「観測」を行った時点では、A点、B点、C点、いずれかの位置に確定しちゃってるの。A点にいると「観測」されちゃうと、B点、C点にはいなくなっちゃうわけ』

「それって単に最初っからA点にいたってこととは違うのか？」

『ううん、それが量子力学のとんでもないところなんだけど、あくまで観測前はA点、B点、C点に同時存在しているの。いくつかの実験結果にも、その痕跡《こんせき》が残ってるのよ。なのに観測をすると、一点にのみ存在してる』

「わけわかんねぇぇぇぇぇ！」

呻《うめ》くしかないオレ。シュレディンガーとやらの気持ちがよくわかった。そんなデタラメな世界、うっちゃりかましたくもなるわ。

『だから理解しようとしないで。そういうもんだと諦めて。なんで、どうして、どんな仕組みでそうなっているのか考えないで、スーパーポジションとはそういうもんだって知識だけを頭に刻みなさい』

「うす」

サヤ姉……受験勉強中は、口癖《くちぐせ》のように、

『なんで、どうして、どんな仕組みでそうなったかを覚えれば、そうそう忘れないわ』

とか言っていたのに、完全に真逆のこと言ってるよ。まあ、時間がないしな。今はそういうほうが好都合だ。

『観測を実行した瞬間、電子がA点に出現するのか、B点に出現するのか、C点に出現するのか、そこには何の法則もなくて、ただ確率でしか表せないの。つまり、ミクロの世界は確率論に支配された不確定の世界なの。だからラプラスの悪魔は否定されたのよ。あたしたちの体感している世界も、結局はそんなあやふやなミクロの世界の延長線上にあるわけだからね』

そこまで言ってから、サヤ姉はぼそっと『まあ、猫の問題はまだ解決されていないんだけれど』とわけのわからないことを呟いた。

「でも、明日香先輩の見た未来は確定しているぜ?」

自分の言葉に、胸が苦しくなる。今のままではこれまでの二《に》の舞《まい》だという焦《あせ》りが、怖《おそ》れが、オレの心臓を締《し》め上げる。

『そう、観田さんが見た未来は変えられない。カー坊がこの一ヶ月、色々と手を尽くしたのに。ううん、観田さん自身、未来を変えようと何十回何百回とそれこそ死《し》に物狂《ものぐる》いで頑張ったはずなのに。そのすべては失敗に終わった。ほんの些細な変更《へんこう》さえ許されなかった。未来とはすでに定まっているとしか思えない』

「うぐっ」

他人の口からはっきり言われると、くるものがあるな。

『でもね、量子論が導く未来の不確定さも、また間違《まちが》いはないはずなのよ。この二律背反を解くのは、さすがのあたしも一筋縄《ひとすじなわ》ではいかなかったわ』

「……それって解けたってことだよな？」

もったいぶった言い回しに、思わず訊《き》き返す。

『今日の放課後、あたしが感じた違和感《いわかん》の正体、覚えてる？』

「時間的に未来に起こった事を原因として起こっている、つまり、因果律が成り立っていないから……だったよな」

あの後、サヤ姉が『思考時間』に入ったから、印象深くて覚えていた。もしかしなくても、あれがきっかけで解けたってことか？

『そう、この「因果律の破綻《はたん》」はあたしたちが体感している世界ではまず起こらない。起こり得るはずがない。例えて言うなら、死んだ人間が生き返るみたいなものよ。でも、それが起こり得る世界が、実はもう一つだけあったりするの』

「ま……まさか……」

今までの話の脈絡《みゃくらく》、確定した未来と不確定な量子の二律背反、それらが導くもう一つの世界とはおのずと決まっていて、

『そう、量子の世界、よ』

サヤ姉が、オレの推測が正しかったことを告げる。まさかの奇妙《きみよう》な符合《ふごう》に、オレは二の句が継《つ》げなくなる。偶然《ぐうぜん》の一致《いつち》というには、あまりに出来すぎている。そう感じるのは、藁《わら》にもすがりたいオレの希望的観測なのだろうか。

「偶然じゃ……ないよな？」

なんとかそれだけ口にする。

『あたしはむしろ必然だと考えたわ。因果律に支配されたあたしたちの世界の常識は、量子の世界では通用しない。「未来」の世界においてもそれは同様。なら、同じ因果律の破綻した量子の世界の常識を当てはめたらどうか？　ってね。そうしたらどんぴしゃ、パラドックスが解けたのよ』

サヤ姉はふうっといったん息をつき、確信に満ちた声で結論を述べる。

『つまり、未来っていうのはね、スーパーポジションなのよ』

「どういうことだ？」

オレは続きを促《うなが》す。

「例えば明日の午後四時ジャスト、あんたは空手部で剛田《ごうだ》さんと汗《あせ》を流しているかもしれないし、教室で信司とだべってるかもしれない。生徒会室であたしと仲良く一緒《いつしよ》にお話ししている可能性もあるわ。そして現時点ではやろうと思えばそのどれもが実現可能よね？」

「……まあ、そうだね」

少し考えて、頷《うなず》く。

『つまり、現時点ではその全ての可能性が重ね合わさった状態にあるわけよ』

「あっ、なるほど」

量子の世界ではいまいち理解が及《およ》ばなかったスーパーポジションというものが、未来に置《お》き換《か》えたことで、ようやく胸にすっと降りてきたように感じた。未来においては、同時刻、三カ所に、たった一人のオレが存在し得る。

『実際にその時刻になれば、カー坊は生徒会室であたしと一緒にお話ししてた、という風に事象は確定する。そして剛田さんや信司のところにいる可能性のカー坊は消滅《しょうめつ》してしまうわけよ。より正確にはあんたが他の場所に時間的に間に合わなくなってから、かもしれないけれど』

「ふむふむ」

できれば明日香先輩の傍にいたいなぁ。でも今それを言うと、速攻《そっこう》で話を打ち切られるという予感がひしひしとしたので、とりあえず黙《だま》っておくことにした。

『本来、あたしたちの間で流れている時間は一定よ。けど唯一《ゆいいつ》、観田さんだけはあたしたちょり先に未来を視る、つまり「観測」をしているの。そして、量子の世界では、観測した時点でスーパーポジションではなくなる』

「つまり……明日香先輩が夢で視たまさにその時に、未来は確定してる？」

『そう、スーパーポジションだったあやふやな未来が、観測された一点に収束してしまうわけ。そして、その一点に向かわない可能性は、まだ観測が為《な》されていない不確定の未来からも消失する。なぜならすでに一部の観測結果は出てしまっているから。これは量子の世界でも量子もつれという似たような事例が確認されてるわ』

「それが《時の強制力》の正体……なんだな？」

ようやくこの不可思議な現象の本質にオレは迫《せま》りつつある、そんな確信めいた想いに、オレはゴクリと唾を飲み込んだ。

『そのとおりでもあると言えるし、ないとも言えるわね』

サヤ姉はオレをじらすかのように、禅問答《ぜんもんどう》のようなことを口にする。

「……こんな時にもったいぶるなよ」

『じゃあ、結論から言わせてもらうわ。《時の強制力》なんてそんな力、そもそも存在していないのよ』

「存在していない!?」

そんな馬鹿な⁉　あれだけオレらの邪魔《じゃま》をしまくってた《力》がないなんて、そんなわけが……。

『観田さんが観測した段階で、その一点に向かわない可能性の存在は消失する。つまり、未来を変えようとしたその先には、本来なら最も確率が高いはずの「何事もなかった可能性」群がごっそり消失してしまってるのよ。逆に言えば、「アクシデントが起こる可能性」群しか、そこには残っていないことになる』

要は食い物でやるロシアンルーレットみたいなもの……か？　何十個か揃《そろ》えた食べ物の中に、ほんの数個だけワサビとかトウガラシをいれておくという、よくテレビのバラエティ番組とかでやってるアレだ。

本来ならハズレを引く可能性は低いが、スタッフの陰謀《いんぼう》によりまともな食べ物が軒並《のきな》み撤去《てっきょ》されたとしたら……残っているのはハズレだけってことになる。

「だから未来を変えようとすると、変なことばかりが起きるのか……」

『あまりにも頻発《ひんぱつ》するから、さも得体の知れない力が働いているかのように錯覚《さっかく》してしまうけれど。あたしも放課後の時は、《時の強制力》は未来改変の可能性が一定水準を超《こ》えたら発動するなんて、今から思えば見当違《けんとうちが》いな仮説を立てていたけれど。何のことはないわ。あんたたちは歩道じゃなくて、車道を歩いてた。ただそれだけのことだったのよ』

「それ……だけって……」

衝撃《しょうげき》のあまり、ペダルを漕《こ》ぐ足が、知らず知らずのうちに止まっていた。

つまりなにか？　素人《しろうと》が雪山登山すれば遭難《そうなん》するように、大嵐《おおあらし》の日に小舟《こぶね》で釣《つ》りに出かければ波にさらわれるように、ただ当たり前のことが当たり前に起きていた。オレたちは自分からトラブルを引き起こしていた。ただそれだけだったたってのかよ⁉

だが、まだサヤ姉の話には続きがあった。残酷《ざんこく》で、容赦《ようしゃ》がなくて、オレが知りたくもなかった「真実」が残っていたのだ。

『あえて《時の強制力》なんてものがあるとするならば、未来を観測し、何事もなかった可能性を軒並み消去する存在……』

ザワっと総毛立つような悪寒《おかん》が疾る。

それって……それって、まさか……

『すなわち、観田明日香本人よ』


「明日香先輩自身が……《時の強制力》……⁉」

戦慄《せんりつ》に身体が震える。そんな……そんなことってあるかよ……。

あれほど変わらない未来に絶望していた人が……

あれほど未来を変えたがっていた人が……

未来を不変にしていた張本人だったなんて、そんなふざけた話があってたまるかよ⁉

『観測され、すでに確定してしまった未来は、それはいわばもう「過去」と言った方がいいのかもしれないわね……だから、変えられなかった……』

それはオレに向けて言った言葉ではなく、ただの独り言のようだった。

過去……過去、か。過去は変えられない。過去は変わらない。漫画《まんが》やドラマではよくあるチープな言い回し。だが、それは不変の真理でもある。誰にも絶対に過去は変えられない。何があろうと、絶対に過去は変わらない。

「ってちょっと待ってくれよ。それじゃあ結局、明日香先輩の視た未来は絶対に変えられないってことか⁉　こんだけ長々と説明したのは、オレを諦めさせるためだってか⁉」

思わず激昂するオレに、サヤ姉はそれ以上の熱を持って怒鳴《どな》り返してきた。

『彼女を救うために決まってんでしょうがっ！　あたしだってね、不戦勝で終わらせるつもりはさらさらないのよっ！　想い出《で》に負けて二番に甘んじるなんてね、あたしのプライドが許さないの！』

「何言ってるのかさっぱりわかんねえんだけどっ⁉」

不戦勝？　何か先輩と勝負でもしているのか？　しかも、今の口ぶりだと先輩のほうが優勢ってことだよな。

このとんでもない天才に、勝ってる？

何気に凄《すご》いんだな、先輩。まだオレは、先輩のことをまるで知らないってことか。なら、尚更《なおさら》このまま終わりになんてするわけにはいかないいんだっ！

『わかんなくていいのよ！　とっとと話を戻《もど》すわよ。あたしがあんたにこんな話をしたのはね、あんたのカンにかけたからよっ！』

「カン～～～!?」

オレは素《す》っ頓狂《とんきょう》な声をあげる。ここまで散々理詰《りづ》めできて、最後の最後になってそれかよ!?

『悔しいけどね。あたしにはここまでが限界。さっきあんたが言ったように、未来は変えられないという結論にしかならないのよ。どうやってもあの娘を助けられる手段が思い浮かばない。だから……だから後はあんたが考えなさい！』

「はああっ!?　サヤ姉でも無理なのに、そんなのオレに思いつけるわけないだろ!?」

上《うわ》ずった声でオレはマイクに絶叫《ぜっきょう》する。ここまで来て突き放《はな》すなんて、それはない。冗談だって言ってくれよ！

『あんたなら、できるわ』

妙に確信に満ちた声で、サヤ姉は断言する。

「なんでそんな自信たっぷりに言い切れるんだよ……」

『エジソンの言葉、言ってみなさい』

「えっと、『天才とは、一パーセントの閃《ひらめ》きと九九パーセントの努力』……」

『そうよ。こんな時だから言うけれど、あたしがあんたの中でいちばん買ってるのは、まさしくその閃き、すなわちカンなのよ。あんたよくトラブルに巻き込まれるでしょ。これは決して偶然なんかじゃないわ。あんたは日常とのほんのわずかな差異から、直観的に異常の存在を察知しているのよ』

「オレが、そんなことを?」

いまいち実感が湧かない。オレにそんな名探偵《めいたんてい》みたいな力があるなんて、とうてい思えなかった。

『普段《ふだん》はともかく、いざって時にはいつも、あんたは絶対に何とかしてきた。あたしより先に正解に辿《たど》り着《つ》くことだって、何度もあった。このあたしが無理だって結論付けたことだって、いくつも覆してきたじゃない。自信を持ちなさい』

「だけど、今までオレは全部失敗してて……いや、オレだけじゃない。未来を変えた人なんてただの一人もいなくて……」

ぽろっと弱音が口から零《こぼ》れ出る。絶対に明日香先輩を助け出したい。その気持ちに嘘《うそ》はない。嘘がないからこそ、怖《こわ》かった。もう失敗は、二度と許されないのだ。

確かなものが、欲しかった。

自分のカンなんて、そんなあやふやなものにしかすがれないなんて……

「なあサヤ姉、もう一度考えてくれよっ！　サヤ姉なら……」

凡人《ぼんじん》のオレとは違う『天才』なんだから。

誰もが認める『絶対』の存在なんだから。

「頼むよ、なんとか先輩を……」

『しっかりしな！　男の子でしょっ‼』

鼓膜《こまく》が破れそうなほどの、サヤ姉の大喝《だいかつ》。ガキの頃からよくサヤ姉には叱《しか》られてきたけど、そのほとんどは理詰めの説教で、こんなふうに怒鳴られたのって、もしかしたら初めてかもしれない。

『いい？　カー坊？　カンとあてずっぽうは、違うわ。カンってのはね、積み上げてきた経験に基《もと》づく知性の発露《はつろ》なのよ。もうあんたは昨日までのあんたじゃない。別人とすら言っていい。この「天才」高尾《たかお》沙耶《さや》様が授《さず》けてあげた知識という名の経験が、今のあなたにはあるでしょう?』

「サヤ姉……」

『もう頼れるのはあんたしかいないんだから。ヘタレたこと言ってるんじゃないわよ』

言葉の厳しさとは裏腹に、サヤ姉の声は泣きたくなるぐらいとても優しかった。

……そうだよな、こんな時にオレは何を弱気になってるんだよ。オレが助けなくて、誰が先輩を救うんだよ。

心の底からごおっと炎《ほのお》が燃えたぎってきた。自転車の全力疾走《しっそう》で疲《つか》れきった身体に、再び力がみなぎってくる。サヤ姉の檄《げき》が、オレの心に巣くった負の感情を全て打ち払ってくれたかのようだ。

「サンキュな、サヤ姉」

ペダルに足を掛《か》け、オレは再び全力でこぎ始める。

『助けられずに帰ってきたら、お仕置きだからね……ヒーロー』

「おお怖え。それだけは絶対に勘弁《かんべん》だ……なっ!」

風を切り、オレは夜の街を駆け抜《ぬ》ける。

キィッとブレーキが耳障《みみざわ》りな音を響《ひび》かせる。

オレは自転車から降り立ち、目の前にある観田という表札のかかった家を見上げた。けっこう広い庭付きの、二階建ての豪邸《ごうてい》だ。先輩って、実はけっこうなお嬢様《じょうさま》だったんだな。

玄関の傍には犬小屋があって、白い大きな犬（ラブラドール・レトリバー？）が、客が来たというのに呑気《のんき》に惰眠《だみん》を貪《むさぼ》っている。少し不安が増した。

「はあはあ、家にいてくれよ、先輩……」

神に祈《いの》りつつ、震《ふる》える指でインターホンを押す。

『はい？』

しばらくしてインターホンから、先輩によく似た年配の女性の声が返ってきた。もしかしなくても、先輩の母親、だよな。

「はあはあ、あの、明日香さんは、はあ、御在宅《ございたく》ですか？」

息も絶え絶えに、オレはインターホンに問いかける。言ってから、思わず自嘲《じちょう》する。自分の名前さえ告げてない。これじゃあまるっきり不審者《ふしんしゃ》じゃないか、オレは。いきなり失敗したな。変に警戒心《けいかいしん》を与《あた》えてしまったかもしれない。

『そう言えば、いないわね』

その声と言葉に、オレはぞっと戦慄を覚えた。のんびりしてるとかおっとりしてるとか、そんな声じゃなかった。感情のこもっていない冷たい響き、これは「無関心」だ。

これじゃあネグレクトってやつじゃないか。立派な虐待《ぎゃくたい》だろ！

『かあさ〜ん、めし〜』

遠くから少年の声が漏《も》れ聞こえてくる。先輩、弟いたんだ。

『はいはい、もう少し待ってね』

めんどくさそうに母親は返す。そこにはめんどくさそうながら、はっきりとした親しみの色があって、オレは何とも言えない気持ちになる。

名字で呼ばれるのは好きじゃない、先輩がそう言った意味が、なんとなくわかったような気がした。家族の中でさえ、先輩は独りなのか……。観田家の一員ですら、ないのか。

先輩は、こんな連中を巻き込まないために姿を消したってのか？

噛み締めた唇からは、血の味がした。

もうこんな胸糞《むなくそ》悪い場所に、用はなかった。


「くそくそくそっ！」

オレは吐《は》き捨《す》てながら、ただひたすらにペダルをこぎ続けていた。ぐっしょりと濡《ぬ》れたシャツやズボンが、不快に肌に貼《は》り付《つ》いてくる。

心臓が早鐘《はやがね》のように脈打ち、全身が鉛《なまり》のように重く感じられる。酸素を求めて激しく呼吸を繰《く》り返した口内は、もうすっかり乾《かわ》き切っていた。

ネオンで彩《いろど》られた夜の街には、派手な格好の若者たちが群《む》れ集《つど》っていた。時折響いてくる下品な笑い声が、オレを苛立《いらだ》たせる。

スーツを着崩《きくず》した、会社帰りのサラリーマンたちの姿もあった。妙なイントネーションで客引きをする怪《あや》しい外国人たちもいた。バスを待つ学生もいた。そんな人の波を、オレは乱暴にベルを鳴らして掻《か》き分《わ》け突き進《すす》む。

「どこだ⁉　どこにいるんだよ⁉　先輩っ‼」

オレは心当たりを思い浮かべては、片っぱしから自転車を走らせ続けた。毎日逢《あ》っていた学校の屋上、四人で遊んだ駅前のゲーセン、初めてデートした公園。そのどこにも先輩の姿はなかった。

こういう時に想《おも》い出の場所にいるというマンガとかでの定番は、やっぱり現実では違っていて、焦燥感《しょうそうかん》に胸が張《は》り裂《さ》けそうになる。どうせ先輩のことだ。オレを巻き込みたくないとか、そんなこと考えたんだろうな。

　サヤ姉は今、その人脈を使って、先輩の行方《ゆくえ》を追ってくれている。だが、未《いま》だに目撃《もくげき》情報の一つすら入ってこない。

　ガキンッ！　突如《とつじょ》、嫌《いや》な音がしてペダルから重みが消え、ジャリジャリと何かが地面を擦《す》る音が耳に届く。

「ちくしょうっ！　こんな時になってチェーンが切れるかよ⁉」

　自転車を止め、オレは忌々《いまいま》しげに吐き捨てた。

　脳裏《のうり》に浮かんだのは、《時の強制力》という忌《い》まわしき単語だった。

　運命の悪魔が、今回もこうして、オレが辿り着けないように仕向けているのではないか。

　先輩のいる場所を思い浮かべないように、オレの思考も操作されているのではないか。

　サヤ姉に情報が入ってこないよう細工しているのではないか。

　……いや、そうじゃないだろ。

　こういう考えが、すでにもう間違っている。現状を正しく認識《にんしき》しろ。何の為にサヤ姉からレクチャー受けたんだよ。

　運命の悪魔なんて、いやしない。誰《だれ》もオレの邪魔なんて、していない。《時の強制力》なんてものは、存在しない。

　ただ単に、観測結果に基づいて可能性がすでに消去されたということ。つまり、オレが明日香先輩を助けようとしている先に、オレが先輩の下にたどり着く可能性が存在していないということだ。

ぐあっ、現状分析《ぶんせき》したら余計にドツボに……

「待てよ？　ということは逆説的に考えれば、先輩を助けようとしなければ、オレは先輩のところへ行ける可能性もあるのか？」

自分で言って、何かが頭の片隅《かたすみ》で引っかかる。あやふやで、とりとめもなくて、雲を掴《つか》むようで、今にも消えてしまいそうなソレを、オレは必死に手繰《たぐ》り寄《よ》せる。

もう一度、もう一度だ。今オレは何と言った。

「……先輩を助けようとしなければ、オレは先輩のところに行ける可能性がある」

そうだ。オレは確かにそう言った。でもこれじゃあまだダメだ。まだ、ぜんぜん足りない。先輩のところに辿り着けたって、助けられなきゃ意味がない。そもそも先輩を助けないなんて考えられるか！

だけど、思考の方向性は、間違っていないはずだ。今までよりも、はるかに「正解」に近付いているという確かな感触《かんしょく》がある。

もう一度、最初から考えろ。それはつまりどういうことだ。

「……未来を変えようとしない限り、可能性は存在している？」

その瞬間、カッと稲妻《いなずま》のように、苛烈《かれつ》な衝撃をもって頭の中に閃くものがあった。

これなら……これならもしかして、いけるのか？

「ん？　こんなところでなにやってんだ？」

耳慣れた声がして、オレはそちらを振《ふ》り向《む》いた。


「あ～らら、チェーン切れたのか」

ご愁傷様《しゅうしょうさま》とでも言いたげな顔で、信司がオレの自転車から零れた鎖《くさり》を見やる。

その右手に提《さ》げた袋《ふくろ》には、ペットボトルとオニギリが入っていた。その背後には青を基調にしたコンビニ。小腹が空いて買い食いってところか。呑気なもんだぜ。

「オレたちを巻いた罰《ばつ》だな。どうやら観田先輩とも喧嘩《けんか》したみたいだし」

くくく、と意地悪く笑う信司。オレの切羽詰《せっぱつ》まった顔を見れば、普通《ふつう》はそう思うか。

あれ？　でも、こいつにはサヤ姉からいの一番に連絡《れんらく》がきてるはずだよな。

「サヤ姉から何も聞いてないのか？」

「ああ、おまえは帰ったら三時間、膝詰《ひざづ》めで説教だとよ」

「そっちじゃねえよ、先輩のことだ！」

「観田先輩のこと？」

　言って、信司はふと思い出したようにポケットから携帯を取り出し、

「うわっちゃあ、携帯の電池切れてたよ。オレってもしかして、サヤさんからの電話、無視しちゃったことになるわけ？」

「知るか！　おい、信司、明日香先輩、見かけなかったか？」

「あん、やっぱり喧嘩でもしたのか？」

「してねえよ！」

　ぶっきらぼうに叫《さけ》ぶ。こんな事してる時間ねえってのによ。くそ、もどかしい。

「そうなのか？　観田先輩、独り黄昏《たそが》れてたからてっきり……」

　思わず耳を疑った。

「待てこら信司っ！　おまえ、先輩を見たのかっ⁉」

　オレは信司へと詰め寄り、両肩《りようかた》を掴んで思いっきり揺《ゆ》する。

「ちょっちょちょ、ど、どうしたよ、いったい⁉」

　鳩《はと》が豆鉄砲《まめでつぽう》食らったような顔で、信司は目をパチクリさせる。ええい、さっさと教えろってのに、七面倒《しちめんどう》なヤツだな。

「先輩が危ないんだよっ！　教えろ！　どこだっ⁉」

「危ないって……まさかっ！」

信司がはっと何かに気づいた顔をする。

「そうだ。今夜、先輩が殺されちまうかもしれないんだっ！」

「殺されっ⁉」

ようやく信司の顔にも緊張が疾る。

「だからさっさと教えろってんだよ！」

「えっと……」

信司が口元を押《お》さえ、何かを躊躇《ためら》うように視線を左右にさまよわせる。

おい、こんな時に何を迷ってやがるんだ⁉

おそらくは数秒に過ぎなかったのだろうが、オレにとっては永遠とも思える逡巡《しゅんじゅん》の後、信司は「ふう」と諦めたような溜息をつく。

「……すずなみ公園だ」

「よりにもよってあそこかよっ！」

舌打ちとともに吐き捨てる。

灯台下暗《とうだいもとくら》し、オレの家から一〇〇メートルも離《はな》れてないじゃないか。

「先輩は無事だったんだな？」

「ああ、無事だったぜ。だいたい三〇分ほど前だけど」

「三〇分……」

微妙《びみょう》な時間だった。三〇分前までは先輩は生きていたという安堵《あんど》よりも、その間に何かが起きているんじゃないかという不安が勝った。

もう先輩が死んだから、オレは先輩の居場所を知ることができたのではないか？　オレがそこに辿り着いた時には、先輩の死体が横たわって……

「ううっ、くそ」

ぶんぶんと首を振って嫌な想像を振り払《はら》う。ンなこと考えてる暇があったら、さっさと先輩のところに行くんだよ！

と、そこでオレは先程《さきほど》のトラブルを思い出し舌打つ。

「こんな時に壊《こわ》れてんじゃねえよ、このポンコツがぁっ！」

苛立《いらだ》ちを押さえきれず、自分の自転車を思いっきり蹴《け》り倒《たお》す。ガシャンと派手な音が響き、コンビニにタムロした兄ちゃんたちが眉《まゆ》をひそめる。

「はあ……」

めんどくさそうに信司は溜息をつき、ポケットをゴソゴソと漁《あさ》って、「ほら」とオレに何かを放ってくる。反射的にそれを受け取って、確認《かくにん》する。

自転車のキーだった。

「使えよ。貸し一、だからな」

信司が口《くち》の端《はし》を歪《ゆが》めて、ニヤッと笑う。地獄に仏とはまさにこのことだった。後光が差して見えた。

「すぐそこに止めてあるから。チェーンロックの暗証番号はオレの名前だ」

くいっと信司が親指で指し示した先、オレはすぐに見覚えのある自転車を見つける。

「おまえの？　ああ」

すぐに正解に思い至る。お（0）ざ（3）わ（0）しん（4）じ（4）か。

「助かるっ！」

心からの感謝とともに、オレは信司の自転車へと駆《か》け寄り、ロックを外しにかかる。

「おまえのは、オレが自転車屋に運んどいてやるよ。たくっ、門限破りでお袋から大目玉食《く》らうの確実だな。貸し一じゃ割に合わないぜ」

隣《となり》で信司がぶつぶつとぼやく。

「一〇でも二〇でも借りといてやるよっ！」

言い捨てて、オレは自転車に飛び乗り急発進させた。

「おい、ヒ、ー、ロ、ー！　絶対、絶対に観田先輩を助けろよぉっ！」

その声に、オレは振り返ることなく、ただ拳《こぶし》を突き上げることで返す。

腰《こし》を浮かして、競輪選手のごとくこれでもかというぐらいにペダルをこぐ。だましだまし無理に無理を重ねた太ももが、ついに悲鳴を上げ始めた。全《すべ》てが終わったら、何日だろうとベッドから動けなくていいからよ。

今だけはふんばりやがれっ！

間に合えっ！

間に合えっ!!

間に合ってくれぇぇぇぇ！


「ついたっ！」

停止するまでの時間すらもどかしくて、オレはペダルを蹴って自転車から飛び降りる。

膝《ひざ》と手で受け身を取って、そのまま走りだす。

主を失った自転車が、生垣《いけがき》に突っ込み、カラカラとタイヤを回していた。悪いな、信司。親父に泣きついてでも弁償《べんしょう》はするからよ。

月明かりもなく街灯だけが照らし出す公園は、ところどころ闇《やみ》が広がっていて、正直気味が悪い。子供の遊具さえ、この薄暗《うすぐら》さでは妙な不気味さを感じさせた。

こんなところにずっと独りでいたのかよ、先輩⁉　襲《おそ》ってくれって言ってるようなもんだろ！

どこだ、どこにいる⁉　まさか、もうすでに——

「いやっ、やめてぇっ！」

甲高《かんだか》い女性の悲鳴が夜の静寂《せいじゃく》を切り裂《さ》く。

この声は、間違いなく先輩だっ！　まだ先輩は死んでないっ！

「あっちかっ！」

オレは声の聞こえたほうへとひた走る。そこでオレが目にしたのは、茂《しげ》みの中で男に組《く》み敷《し》かれた先輩の姿。

ぷちん、とオレの頭の中で何かが切れる音がした。

「先輩から離れろ、クソやろうっ！」

オレは走る速度をさらに加速させ、そのまま相手の無防備な背中に飛び膝を叩きこむ。

「ぐあっ！」

つんのめる男の襟首《えりくび》を掴み、力任せに先輩から引っぺがし後ろに放《ほう》り投《な》げた。

「先輩、無事で……」

先輩のほうを振り返り、オレはぎりっと奥歯《おくば》を軋《きし》ませる。

瞳には大粒《おおつぶ》の涙《なみだ》が浮かび、その怯《おび》えきった表情とガタガタ震える身体からは、先輩がどれほどの恐怖《きょうふ》を味わったかがひしひしと伝わってくる。あの男が何をしようとしていたのか、一目瞭然《いちもくりょうぜん》だった。

「がっ！」

衝撃が左頬《ほお》を疾《はし》り、首が大きく右に振られる。ちぃっ、先輩の身が心配だったとはいえ、実戦で敵から目を離すとは何たる不覚！

よろけたところにさらにもう一発、同じ箇所《かしょ》を殴《なぐ》りつけられる。オレは倒れかけるも、数歩たたらを踏《ふ》んでなんとか踏みとどまる。

「ぬるいんだよっ！」

口の中に溜《た》まった血をペッと吐き捨て、オレはファイティングポーズをとる。こちとら毎日のように、ギャラクティカ・サヤ・マグナム食らってんだ。無力な女の子を襲うような、そんな卑怯者《ひきょうもの》の打撃《だげき》が今更《いまさら》効くもんかよ！

「きしゃぁあっ！」

蛇《へび》のように気味の悪い奇声《きせい》をあげて、男が追撃《ついげき》をしかけてくる。大振《おおぶ》りの、素人丸出しのテレフォンパンチ。スローすぎてあくびが出るぜっ！

オレは手のひらで拳を受け、そのままがしっと掴む。

「なぁっ⁉」

慌《あわ》てた男が逆の手で殴りかかってくる。

それも同様に掴み取《と》り、無防備になった顔面に飛び上がりざま頭突《ずつ》きをぶちかます。

「ぐぎゃっ！」

小柄《こがら》なオレの、喧嘩での十八番だった。

鼻を押さえて怯《ひる》んだところを、さらにタックルを仕掛《しか》けて押し倒す。そのまま馬乗りになって、憎《にく》むべき男の顔を網膜《もうまく》に焼きつける。

知っている顔だった。昨日、校庭で先輩を睨《にら》んでいた男だ。野球部のエースだった男、名前は確か玉野《たまの》と言ったか。

先輩を逆恨《さかうら》みするだけに飽《あ》き足《た》らず、汚《よご》し、あまつさえ殺そうとしたってか。

これほど頭にきたのは、生まれて初めてだ！

「てめえはぶち殺すっ！」

固く握《にぎ》り締めた拳を、玉野の顔面めがけて思いっ切り打ち下ろす。

打ち下ろす。

打ち下ろす。

さすがに玉野も黙って打たれ続けたりはせず、咄嗟《とっさ》に両腕《りょううで》を盾《たて》にしてガードを固める。

だからどうしたっ！

その上からただひたすらに、がむしゃらに、オレは拳を叩きつける。

叩きつける。

拳が砕《くだ》けたってかまうもんかよっ！

「くたばれっ！」

ガードを力づくでこじ開け、オレはトドメとばかりに拳を大きく振り上げる。

ゾクッ！　その瞬間、えもしれない悪寒に、全身が総毛立つ。視界の隅《すみ》に、玉野が懐《ふところ》に手を差し込むのが映った。

まさかっ⁉

なんの躊躇《ちゅうちょ》もなくオレはマウントポジションを捨て、その場から飛《と》び離れた。

パン！　乾《かわ》いた炸裂音《さくれつおん》とともに耳元を何かが高速で掠《かす》めていく。鼓膜に叩きつけられた風切り音に、オレは思わずゴクリと唾《つば》を呑《の》みこんだ。

よろよろと立ち上がる玉野の右手には、鈍《にぶ》く黒光りする物体が握られていた。

それはまさしく、

「拳銃《けんじゅう》……だとっ⁉」

人を殺傷することだけを目的に製造された、恐《おそ》るべき兵器だった。

「ふひひ、ふひゃひゃひゃひゃひゃひゃっ！」

嫌らしく顔を歪め、勝《か》ち誇《ほこ》ったように玉野が高笑いをあげる。

その瞳に宿るのは、暗く濁《にご》った狂気《きょうき》の光。ヤツは銃口《じゅうこう》をオレに向け、親指でゆっくりと撃鉄を落とす。

「てめえ、そんなあぶねえもん、いったいどこで……」

オレはじりっと一歩後ろに下がりつつ訊いた。身体の震えが止まらない。これは武者《む》振《しゃぶ》るい……じゃさすがにねえよなぁ。

「今日、兄貴からもらったのさぁ」

ペロリと玉野が舌舐《な》めずりして言う。この場合の兄貴が、血を分けた実の兄を指すのではないことは明らかだった。こういう非合法な物を手に入れられる存在、つまりヤクザの兄貴分ってヤツだろう。

「こいつがあれば鬼《おに》に金棒よ」

「キチ○イに刃物《はもの》の間違いだろ」

しかも、刃物よりよっぽどタチが悪いときやがる。プロレスラーやK1ファイターすらあっさりと殺せる『力』を手に入れて、気が大きくなってこんなことをしでかしたってところか？

頬を流れる汗の珠《たま》を感じつつ、オレはまた一歩後ずさる。

「そんなに怯えるなよ〜？　恰好《かっこう》よく助けに来て、今更臆病風《いまさらおくびょうかぜ》に吹《ふ》かれたかぁ？」

「ずいぶんと無茶《むちゃ》を言ってくれるぜ」

死と隣《とな》り合《あ》わせのこの状況《じょうきょう》で、怖くない人間なんていたりするかよ。平和ボケしたただの高校生が、銃《じゅう》持った相手に敵《かな》うわけないだろ！

ここまで来て……

まだ生きてる先輩を目の前にして……

結局……結局オレは《時の強制力》の前に屈《くっ》するのか⁉

オレが先輩を助ける可能性は、存在しないってのかよ⁉

「って、なにまた弱気になってるんだ。泣き言なんか後だろ！」

吐き捨てて、自分を奮い立たせる。

…………そうだ、そうだよ、そうだった！　オレは絶対に先輩を助けるって、あの二人に誓《ちか》ったんだ！　死の運命を覆そうってんだ。その為に、自分の命ぐらい賭《か》けなくてどうするよ⁉」

「そういや、おまえ、酔狂《すいきょう》にもあの魔女《まじょ》に惚《ほ》れてるらしいなぁ。ふひひ、手足ぶち抜いて身動きできなくなったおまえの前で、あいつを犯《おか》し殺してやるのも面白《おもしろ》そうだなぁ。気味の悪い女だが、顔だけは極上《ごくじょう》だしよっ！」

「下衆がっ！」

嫌悪《けんお》とともに吐き捨てつつ、オレは擦《す》り足で横へと移動する。

「逃《に》げたりするなよ～？　背中見せた瞬間にズドンッ！　だぜ～？」

「誰が逃げたりするかよ」

ここで先輩を置いてひとり逃げ帰《かえ》ったら、自分で自分が許せなくなる。一生、後悔し続ける。心が壊れるような悔恨《かいこん》にさいなまれる。

行くも地獄《じごく》、引くも地獄。前門の虎《とら》、後門の狼《おおかみ》。ならどっちに進むかは、決まってるようなもんだろ。あと少し、あと少しだ。あと……一歩。

「なんだよ、木の陰《かげ》にでも隠《かく》れようってか？　行かせると思うかよ」

玉野はゆっくりと右手を動かして、オレに向けた銃口を離すことはない。

「そんなつもりは、ねえよ」

よし、届いた！　何とか目的地にたどり着き、オレは心の中でガッツポーズ。

何かの陰に隠れようなんてハナから考えちゃいない。かえってそんなものは邪魔だ。ただ、オレと玉野と先輩を、一つのまっすぐな線上に置きたかっただけだ。

これで、オレに向けて銃を撃って先輩に当たるなんてことは、まず有り得ない。跳弾《ちょうだん》の事を考慮《こうりょ》に入れたって、おそらく天文学的可能性になるはずだ。

さっきからカチカチと鳴っていた歯を、力を込めて無理やり噛《か》み締める。

ここからは、自分との勝負だ。気合いを入れろ。ありったけの勇気を振り絞《しぼ》れ。

「はっ、てめえに人を撃《う》つ勇気なんてあるのか？」

オレは慣れない見下した笑《え》みを、精いっぱい作って鼻で笑ってみせる。よし、大丈夫《だいじょうぶ》だ。声は震えていない。

「なんだとっ⁉」

圧倒的《あっとうてき》優位にいたはずなのに小馬鹿《こばか》にされ、玉野が鼻白む。

「ちょっと怪我《けが》したぐらいであっさり諦《あきら》めちまうような根性《こんじょう》無しに、人を殺す勇気なんてあるのかって言ったのさ」

「て、てめえっ！」

読み通りこれはトラウマだったみたいで、玉野の顔が一瞬《いっしゅん》にして紅潮する。さっすが元エリート。落ちぶれてもプライドの高さだけは変わらないらしい。

まったくこんな安い挑発《ちょうはつ》に乗ってくれるなんて、有難《ありがた》くって涙が出るぜ。サヤ姉が相手だったら何か裏があるんじゃないかって絶対勘繰《かんぐ》られていたところだ。

「だから手足なんてぬるい事言ってるんだろ？　違《ちが》うってんなら、ほら、撃ってみろよ、ここをよ？」

トントンと、オレは自分の眉間《みけん》を指で叩いて、せせら笑う。

玉野の後ろで、先輩が青ざめた顔で息を呑んでいるのが見えた。この隙《すき》にこっそり逃げて欲しいところだったんだけど、腰が抜けているのかその場に座《すわ》り込んだままだ。

頼みますから、声だ《だ》けは出さないでくださいよ。せっかくこっちに向けたヤツの意識が、先輩の存在を思い出しちまう。

「ずいぶんオレも舐められたもんだぜ。いいだろう。てめえの望み通りのところにぶちこんでやるぜ。あの世で自分の浅はかさを後悔しな」

足に向けられていた銃の標準が、すっと上に上げられる。

ゴクリと、オレは生唾《なまつば》を呑み込む。

完全なハッタリだった。

こいつは躊躇《ためら》いなく撃《う》つ。そもそも人を殺すのに勇気なんていらない。関係ない。心がイカれているかいないか、ただそれだけだ。そしてこいつは間違いなく前者だった。

それでもなお、オレは震える足を踏ん張《ば》って、ヤツをギロッと睨みつける。

「な、なんなんだ、てめえは⁉　死ぬのが怖くねえのか⁉」

オレの気迫《きはく》に呑まれ、玉野が怯んだ表情を見せる。

オレの強気の理由が、ヤツにはわからないのだ。得体の知れないものにこそ、人は恐怖する。明日香先輩が、ラプラスとみんなから忌み畏《おそ》れられたように。

「おらぁ、どうしたぁ⁉　撃てよ、撃ってみろよ！」

思いっ切りドスを利かせて、玉野を怒鳴りつける。

今度はヤツのほうが一歩また一歩と後ずさり、

「う、うあああああっ‼」

悲鳴とともに銃の引き金を引く。

乾いた銃声《じゅうせい》が、再び夜の公園にこだました。


おそるおそる、オレは目蓋《まぶた》を開けた。

恐怖で固まっていた身体が、今度はカタカタと震えだす。カチカチと歯が鳴るのが止まらない。少し、ちびったかもしれない。

それでも、それでも、だ。

「どうした？　オレはピンピンしてるぜ？」

精いっぱい虚勢《きょせい》を張って、オレは玉野に向け一歩、また一歩、足を踏み出す。どこにも痛いところはない。銃弾《じゅうだん》は外れたのだ。

「ひいっ⁉　くるなくるなくるなぁっ‼」

玉野の顔は恐怖のあまりくしゃくしゃに歪み、みっともないほどに取り乱していた。撃たれてなお距離《きょり》を詰《つ》めてくるオレが、ヤツにはまさしく化け物にでも見えたに違いない。

パン！　パン！　パン！

立て続けに玉野が発砲《はっぽう》する。狙《ねら》いなんかまるでつけていない当てずっぽうの連射。しかも今日初めて銃を持ったばかりの、ズブの素人の片手撃ち。

そんなものが当たるわけがない、ってやっぱり怖えもんは怖え！

パン！　その銃声を最後に、カチカチと引き金を引く音だけが響く。

「あれ、おいっ⁉」

おろおろと玉野がうろたえ出す。

それこそオレが待ち望んでいた瞬間だった。

　ダッとオレは思いっきり大地を蹴って、一気に玉野との距離を詰める。

「うわ、待て、オレの負けだ。降参だ。だから……」

　空の銃を放り捨て、玉野が両手を上にあげる。最後まで、情けないヤツだ。今更それで許されると思っている神経は、もはや呆《あき》れを通《とお》り越《こ》して感動すら覚える。

　むしろその隙だらけなポーズは、殴ってくださいと言ってるようにしか思えないぜ？

「たぁまのぉぉぉぉっ！」

　雄叫《おたけ》びとともに思い描《えが》くは、オレの知る理想の一撃《いちげき》。

　数えきれないほどこの身で味わったんだ。そのイメージは細部に至るまで、完璧《かんぺき》に脳裏に焼きついている。後はそれを出来る限り正確にトレースし、再現するのみ！

　ザンッと靴底《くつぞこ》が焼《や》け焦《こ》げるほどに、全体重を乗せ地面を踏み締める。

　そこから生み出された爆発的《ばくはつてき》な力をスムーズにロスなく腰に乗せる。

　腰の回転とともに加速させ、さらに腕力《わんりょく》を上乗せする。

　肩《かた》を入れ、肘《ひじ》をひねり、手首を返す。

　そのねじり込み作用によってパワーを一点に集約させる。

「くらえぇぇぇえっ！」

　全身全霊《ぜんしんぜんれい》をこめた渾身《こんしん》の一撃が、吸い込まれるように玉野の顔面を打《う》ち抜いた。

今までで初めての、何とも形容し難《がた》い会心の手ごたえが拳に返ってくる。玉野は血反吐《ちへど》とともに吹き飛び、背中から地面に叩《たた》きつけられてそのまま動かなくなった。

「やったか!?」

すぐさまその場で構え直し、残心を心がける。

まだ刃物の一つや二つ、こいつが隠し持《も》っていても全然不思議じゃない。ここまで来て不意を食らって形勢逆転、なんて事になったら、それこそ協力してくれたサヤ姉や信司に合わせる顔がない。

オレは街灯の明かりを頼《たよ》りに、注意深く玉野の様子をうかがう。ヤツは白目を剥《む》き、鼻は折れ曲がって血で赤く染まり、口からは泡《あわ》を吹いていた。

ゆっくりと近づきつつ、地面を擦るように蹴りあげる。巻きあげられた砂利《じゃり》が玉野の顔に降り注ぐが、ピクリとも反応しない。ヤツは間違いなく、気絶していた。

「ふぅぅぅぅぅ」

構えを解くと同時に一気に全身から力が抜け落《お》ちていき、その場に崩《くず》れ落ちそうになる。

まだだっ！　咄嗟に両膝《りょうひざ》に手をついて、なんとかこらえる。

オレはゆっくりと顔をあげていく。唐突《とうとつ》に、恐怖がオレの心臓を鷲掴《わしづか》む。《時の強制力》による理不尽《りふじん》な何かが、いつの間にか先輩の命を奪っていやしないかと、怖くて怖くて仕方がなかった。

最後の勇気を振り絞り、オレはカッと目を見開く。

「せん……ぱい……」

オレの声が涙で滲《にじ》んでかすれる。見るだけで痛ましい姿だった。その双眸《そうぼう》からはとめどなく涙が溢《あふ》れ、恐怖に耐《た》えるようにその身をぎゅっと両腕で抱《だ》きしめて震えている。

制服もスカートもドロにまみれて、オレの心を一瞬でかっさらった美の女神《めがみ》は、もはや見る影《かげ》もない。

それでも、オレの心を占《し》めるのは、無上の喜びだった。

生きてる！　先輩は生きているっ!!

駆け寄りたいのに、足がまるで言う事を聞いてくれない。ふらつく足取りで、身体を引きずるように明日香先輩《せんぱい》へと近づいていく。

「どう……して……」

先輩の口から震える声で発せられたのは、疑問の言葉。オレがここにいる理由を問うているのではない。なぜ自分が助かったのかがわからないのだ。

助かって嬉《うれ》しいはずなのに、それがどうしても信じられなくて、まだ何かあるんじゃないかと怯えきっている。

オレもついさっき味わった感覚だ。先輩はオレ以上に、未来の不変を、《時の強制力》の凄さを、身体の芯《しん》にまで、心の奥底《おくそこ》にまで刻み込まれているに違いない。

「もう……大丈夫ですから」

ようやく先輩の下に辿り着くと、オレは左手を差《さ》し伸《の》べ、ウインクする。

「絶対にヒロインを助ける。それがヒーロー……でしょ？」

「え……？」

オレのちょっとしたジョークに、明日香先輩が目を丸くする。これで少しぐらいは、先輩の緊張《きんちょう》をほぐせたかな？

先輩はオレの意図を察してにっこりと笑って、すっと手を伸ばし、

「この大馬鹿《ばか》っ！」

目から火花が飛ぶほどに、思いっきりオレの頬を張り飛ばした。

ホワイ？　なにゆえ？　今は勇敢《ゆうかん》な騎士《きし》がお姫様《ひめさま》を救出した感動的シーンのはず……だよな？　あっ、やべ。なんか意識が遠のく。視界がぐるぐると回って、やがてただ真っ白に染まる。

バタンッという何かが倒れる音を最後に、オレの意識はそこで途絶《とだ》えた。

歌……歌が聞こえる。

落ち着いた、ゆっくりとした旋律《せんりつ》。

風鈴《ふうりん》の音色のような、心に染《し》みわたる透《す》き通った綺麗《きれい》な声。

その心地良《ここちよ》さに、意識が再び闇の中に落ちていく。

あれ？　何か……オレは何かをしなくちゃいけなかったはずなんだけど……

まるで思い出すことができない。

大切な……そう、とても大切な……

「ん？　起きたのかな？」

歌が止《や》む。

止めないで。もう一度続けて。まだ聞いていたいんだ。

「ありゃ、まだか。お～い、いい加減起きろ～」

ツンツンと頬をつつかれる。

意識が少しはっきりしてくる。オレは、寝《ね》ているのか？　背中がチクチクしてむず痒《がゆ》い。

なんだ、これは？　オレが使っている安物のベッドより質が悪いぞ。でも、枕《まくら》は最高だな。

硬《かた》すぎず柔《やわ》らかすぎず、人肌《ひとはだ》のような適度な温《ぬく》もりまであって……

「さすがにそろそろ帰らないとやばいよね。仕方ない、ここは定番のあれか」

ひんやりとした感触が頬を優《やさ》しく撫《な》でる。

ついで唇《くちびる》に温かくて柔らかな感触……気持ちいい。オレは以前にも一度、この感触を味わった事があるような……。

そう、ごくごく最近、あれは先輩との初めての……

「そうだっ、先輩っ⁉」

「きゃっ⁉」

オレはその場から跳《は》ね起《お》き、慌てて周囲の様子をうかがう。

ここは……すずなみ公園、だよな。先輩、先輩はどこだ⁉

「もう、いきなりだな～」

すぐ近くから聞こえた声に振りかえると、先輩がちょっとふくれっ面《つら》で手についた草を払っていた。

良かった……生きてる。ほっと安堵の息を吐くと同時に、脳がようやく活性化し、今日の一連の出来事が蘇《よみがえ》ってくる。

オレは気を失っていたのか？　いったいどれぐらいだ？　そうだ、玉野！　あいつはどうなってる⁉

ヤツを転がしておいた辺りに目を向けて、息を呑む。玉野の姿が、影も形もなくなっていた。

「なんてこった……早く追わないと……あんな狂犬《きょうけん》、野放しにしておけるか」

殺気立つオレの服の袖《そで》を、先輩がくいっと引っ張る。

「心配ないよ。玉野くんなら、今頃《いまごろ》警察だから」

「……そっか。通報したんですね、そりゃそうだ」

緊張が一気に緩《ゆる》み、オレはその場にへなへなと座り込む。

あれほど怖い目にあったんだ。あんなヤツが隣で寝てたら、先輩だって気が気じゃないはずだ。一刻も早く離れたかったに違いない。銃刀法違反《じゅうとうほういはん》に強姦未遂《みすい》、加えて殺人未遂だ。どう鑑《かんが》みても、ヤツは凶悪《きょうあく》の名に相応《ふさわ》しい犯罪者で、警察に通報するのは良識ある一般《いっぱん》市民の義務とも言えた。

それにしても、ともう一度先輩《せんぱい》に目を向ける。

「職務怠慢《たいまん》もいいところだ。暴行されかけた女の子を放っていくなんて。パトカーで家まで無事に送り届けるべきだろ！　税金泥棒《どろぼう》め。金返せ！」

オレはまだ払ってないけどな。

「違うよ。わたしが無理言って、ここに残らせてもらったの」

毒づくオレに、先輩は静かに首を横に振る。

「シャレのわかる人でね。『お姫様をエスコートできるのは、勇敢な騎士《ナイト》だけに許された権利ですよ?』って言ったら『そりゃそうだ』って大笑いして許してくれたわ。風邪《かぜ》ひかないようにって、ほら、毛布まで貸してくれて」

よくよく見れば、確かに先輩は暖かそうな毛布を肩から羽織っていた。オレの足下《あしもと》にも同じものが転がっている。

「それにしたってこんなところに放っていくなんて……」

まだ納得《なっとく》のいかないオレに先輩はクスリと笑って、

「ほら、あそこ」

先輩の指差した先には、トレンチコートを羽織り、煙草《たばこ》を咥《くわ》えた、いかにも張り込み中の刑事《けいじ》ですって風貌《ふうぼう》の男が、街灯に背中をもたれてこちらをうかがっていた。

「わざわざ警護してくれてるのよ。しかも野暮《やぼ》だからってあんなところで」

「ずいぶんと融通《ゆうずう》のきく刑事さんだ。暇《ひま》なんですかね?」

「それはちょっと失礼すぎだよ」

めっと先輩は可愛《かわい》くオレを叱る。確かに失礼か。オレが間抜《まぬ》けに気絶してる間、ずっと先輩を護《まも》ってくれてたんだからな。

「さて、そろそろいいかな」

にこやかな笑顔《えがお》から一転、ジロリと半眼《はんがん》で先輩に睨まれる。

そのあまりの剣幕《けんまく》に、オレは思わずたじろぐ。なに、このプレッシャー？　サヤ姉に匹《ひっ》敵《てき》、いやはるかに凌駕《りょうが》してるんですけど……。

「なんであんな危険なことしたの!?」

「へ？」

「拳銃を向けてる相手を挑発するなんて自殺行為《こうい》もいいところよ！　見てて心臓が止まるかと思ったんだからっ!!」

思いっきり怒鳴られた。

ああ、そう言えばあの時の先輩って、蒼白《そうはく》な顔してたっけ。オレの心配をしてたのか。先輩なら気づいていると思ったんだけどなぁ。

「あはは、大丈夫《だいじょうぶ》ッスよ。絶対に当たるわけありませんから」

オレは笑いながらひらひらと手を振る。

その軽さがまた先輩の逆鱗《げきりん》に触《ふ》れたみたいで、

「馬鹿っ！　絶対に当たらないなんて君は神様に選ばれた特別な人間だとでも言うつもり!?　本当に自分を漫画のヒーローか何かだと思ってるんじゃないでしょうね？　拳銃だ

よ？　撃たれたら死んじゃうんだよ？　それを頭に向かって撃てだなんて、正気の沙汰《さた》じゃないわっ!!」

一気に捲《まく》し立《た》てられる。

その時の事を思い出したのか、先輩の瞳《ひとみ》にまた涙が浮《う》かび、ぽろぽろと零れてくる。

「心配……したんだから！　いきなり倒れるんだもの。銃でどこか撃たれたんじゃないかって、君が死んじゃうんじゃないかって、本当に怖かったんだからっ！」

いきなりって……先輩が張り倒したんじゃ……？　なんて言える雰囲気《ふんいき》じゃねえよなぁ、これ。泣かれちゃったら、男は何も言えない。涙は女の最終兵器とはよく言ったものだ。

まあ、倒れた原因のほとんどは蓄積《ちくせき》していた疲労《ひろう》で、アレはきっかけにすぎないけど。一時間以上、自転車を全力でこぎ続けて、休む間もなく生死をかけたバトルに直行だからなぁ。ああ、そういや四階建ての校舎を一階から屋上まで全力往復なんてこともしてるな。

……そりゃぶっ倒れもするわ。

「いやだって……」

オレは決まり悪くて、ポリポリと頭を掻く。

「先輩、夢で視たんでしょ？　明日、オレが泣いてる姿」

まったく本当に、泣き言なんか後、だよなぁ。

「あ……」

先輩が今更気づいたような顔をする。よっぽど気が動転してたんだなぁ。こんな事、オレから指摘《してき》されるまで気がつかないなんて、さ。

そう、オレは明日、泣いていなければならない。未来はすでに「観測」され、そう定まっている。つまり、今日は何があろうと、オレは死なないのだ。

そして、これこそが、先輩が『不吉《ふきつ》な夢』を視た時に、その不幸な誰かをオレに頑《かたく》なに教えなかった理由なのだろう。

オレが出てくる夢なら、オレがどれだけ無茶をしようと、オレの安全は保証されている。

逆にオレが出てこない夢では、《時の強制力》の絶対性ゆえにオレの安全の保証が全くない。だから先輩は口をつぐんだのだ。

「馬鹿って言ったのは取り消すわ」

先輩がふうっと大きく息を吐く。

「わかってくれました？　ぜんぜん危なくなんてなかったんですよ」

「君は史上稀《まれ》に見る大馬鹿よっ！」

「大幅《おおはば》ランクアップ⁉」

そりゃないぜ、先輩。すっげーオレがんばったのに！

「だって……わたし、生きてるじゃない。未来変わってるじゃないの。君の未来だって変わっていてもおかしくないじゃない！」

「未来はぜんぜん変わりませんよ、先輩」

泣きじゃくる先輩に、オレはウインクをひとつ。

「え……何を……言ってるの？」

先輩が目を白黒させる。もう何がなんだかわからないんだろうなぁ。

オレはできる限り悪人面を装《よそお》い、ニヤリと口の端を歪めた。

「さあて先輩、本番はむしろこれからですよ。悪魔《あくま》を騙《だま》す算段を始めるとしましょうか」

　オレは制服の袖でグッと濡れた目元を拭《ぬぐ》った。

　それでも後から後から涙が滲み出《で》てくる。もう一度拭ってから、オレは立ち上がりふらふらと教室を出た。

　足下がおぼつかないが、それでも壁《かべ》に手をつきながらゆっくりと歩き続ける。

　途中《とちゅう》、明日香《あすか》先輩のクラスの前を通りかかった。窓際《まどぎわ》の机の上で、ポツンと寂《さび》しそうに菊《きく》の花が一輪揺れている。

「生徒会長も残酷《ざんこく》だよね～」

「ほんとほんと。そこまでするかって思っちゃったよ～」

「あたし憧《あこが》れていたのに、ちょっとショック～」

　チラチラと先輩の机の方を見やりながら、女生徒たちは噂話《うわさばなし》に花を咲《さ》かせていた。

　オレはまた泣きたくなった。

　まさか、まさかこんなことになるなんて……。気分がどんどん沈《しず》んでいく。とぼとぼと重い足取りで、何とか屋上に続く階段の前まで辿《たど》り着《つ》く。

この一ヶ月、先輩《せんぱい》に逢うために何度もここに通ったんだよなぁ。一段一段それを噛み締《し》めるように昇り、オレは扉《とびら》のノブに手をかける。

扉を開けると、そこにはどこまでも澄《す》み渡《わた》った青空が広がり、目に差し込んでくる陽光にオレは思わず手をかざす。その隙間《すきま》から、一人の女の子が手すりに寄りかかって景色を眺《なが》めているのが見えた。

一陣《じん》の風がオレの傍を吹き抜けて、バタンと扉が音を立てて閉まった。

女の子がそっと髪《かみ》を押さえながら振り返り、柔らかく微笑《ほほえ》んだ。

オレも笑顔で彼女《かのじょ》に手を振る。

「今日も良い天気ですね。明日香先輩」

「うー、なんか納得いかなーい！」

「いいじゃないですか。助かったんですから」

「もちろん、助かったのは嬉しいよ。でも、生徒会長から聞かされた『未来量子論』の説得力に比べると、も～、なんていうか……詐欺《さぎ》？」

「ひどい言われようッスね！　コロンブスの卵の逸話《いつわ》、知ってます？」

「それは知ってるし、君にはとっても感謝してるんだけどね」

先輩はしきりに頭を振り、どうにも納得できないようだった。

サヤ姉が提唱した仮説（『未来量子論』と名付けたらしい）から、今回の一件で重要な部分だけを簡潔に抽出すると、
・未来とは本来、不確定のものである。
・未来は誰か（つまり先輩）が観測したまさにその瞬間《しゅんかん》に確定する。
・確定した未来（いわば「過去」）を変えようとしても、その可能性はすでに消去されている（《時の強制力》の原理）。
と言ったところだろう。

ここにオレはもう一つ仮説を打ち立てた。

未来を変えようとしない限り、可能性は消去されていないのではないか、と。

……打ち立てたっていうほどじゃないか。単に言《い》い換《か》えただけだし。

ただサヤ姉に言わせると、立派な仮説と言えるらしい。「逆もまた真なりは常に成り立つわけではないからね」だそうだ。そういや中学時代に、数学でそんなことを習ったっけ。

この仮説に喚起《かんき》されて、続けてオレの頭に閃《ひらめ》いたのが、『予知夢には先輩自身は登場しない』というルールだった。

先輩は自分が死ぬ瞬間を視たわけではない。否《いな》、視れない。

メールの内容も、あくまで先輩が死んだと類推される状況だけだ。

すなわち、確定しているのは「先輩の死」ではなく、「先輩が死ぬと思《おぼ》しき情報が流れる事」だけではないのか、と。

『ならその状況を自作自演してしまえばいい……って、なによ、自作自演って⁉』

憤懣《ふんまん》やるかたなしとばかりに先輩は地団太を踏む。

う〜ん、あの時は「これだぁっ！」と確信すら覚えたものだけど、こうして今から改めて考えてみると、どれだけ仮説に仮説を重ねてるんだよ、と自分で自分に突っ込みたくなるな。

サヤ姉の理論も、正しいって証拠《しょうこ》はどこにもなかったわけだし。

……深く考えるのはやめよう、心臓に悪すぎる。

先輩は助かったんだし、終わりよければすべてよし、だ。

「そうは言いますけど、自作自演も色々大変だったんですよ？」

先輩を連れてサヤ姉の家に駆け込み、夢の詳細《しょうさい》を微《び》に入り細にわたって訊《き》き出し（未来を変えようとしていないので《時の強制力》は働かなかった）、サヤ姉や信司《しんじ》も交えて深夜まで綿密な打ち合わせを重ね、万全《ばんぜん》を期した。

サヤ姉なんかは「もう助かってるんだし、放っておいても夢の通りになるわよ。公園の近くをクラスメートの女子が通りかかって、その娘《こ》が噂《うわさ》を広めたとか言う感じで」と乗り気じゃなかったんだけど。

案がまとまって信司が帰宅し先輩とサヤ姉が就寝《しゅうしん》しても、オレは到底眠《とうていねむ》る気にはなれなかった。先輩の死の予知は「夜」だった。夜が明けるまでは、先輩の危機は去っていないのではないかという不安感がどうしても拭えなかったのだ。

自宅に帰ろうとする先輩を頑《がん》として押し止《とど》めたのはその為《ため》だ。帰路で何があるかもわかったもんじゃない。

それに襲われた直後なのだ、先輩だって誰かと一緒《いっしょ》にいたいに決まっている。しかし失礼ながら、先輩の家族にはとても期待できなかった。そしてそれは玉野と同性のオレより女のサヤ姉のほうが適任なのは明らかだった。

夜が明けるまで先輩とサヤ姉が眠《ねむ》る部屋の前で番を続け、徹夜《てつや》状態のまま学校へ登校すれば、信司の野郎《やろう》は「おまえのヘボな演技じゃリアリティがないだろ」と、昼休みのチャイムが鳴るなり、オレの口にわさびを一掴《ひとつか》み無理やりねじ込みやがった。

一摘《ひとつま》みじゃなくて一掴みだぞ⁉　マジでしばらく涙と嗚咽《おえつ》が止まらなかったっての。

難航したのが、先輩のクラスメートの説得だった。みんな、先輩とは関《かか》わりたがらないもんなぁ。結局、『女帝《じょてい》』の御出馬《ごしゅつば》をお願いせざるを得なかったわけだけど、今度はどうもサヤ姉に対する誤解が広がってて……。

……机の上に花を飾《かざ》れだの、襲われた事を噂しろだの、誤解するなってほうが無理だよなぁ。普通にいじめ以外の何物でもないし。

ううっ、次サヤ姉に会う時が、オレの命日かもしれない。憂鬱《ゆううつ》だ……。

昨日の無理がたたって、オレの両足は重度の筋肉痛を患《わずら》い、一歩あるくだけで激痛が疾《はし》る有様だし、寝不足《ねぶそく》と知恵熱《ちえねつ》で頭は割れるように痛いし、放課後には警察の事情聴取《ちょうしゅ》受けなくちゃいけないし、先輩はこんな感じだし、ほんと今日は踏んだり蹴ったりだ。

ああ、警察と言えば、朝方に連絡があった。なんでも玉野の身体から麻薬《まやく》の反応が出たらしい。なるほど、それでラリった感じになっていたのか。

刑事さんの話ではヤク漬《づ》けにして鉄砲玉《てっぽうだま》に仕立て上げるつもりだったのだろうとのことだ。まあ、同情する気には到底《とうてい》なれないが。

「うう、《時の強制力》の回避《かいひ》方法が自作自演だなんて～」

まだ先輩はぶつくさ言っていた。とにかくそこが気にいらないらしい。

「さっきから文句ばっかりですよね、先輩。手離しで褒《ほ》めてもらえるって思ったのになぁ」

「ううっ、ごめんんね。ほんと君には心からありがとうって思ってはいるのよ～」

オレが拗《す》ねて唇を尖《とが》らせると、先輩は慌てて言い繕《つくろ》う。

まあ、先輩の気持ちもわからなくはない。

今まで未来を変えるため何度も何度も失敗して挫折《ざせつ》を味わってきたのに、『未来を変えない（自作自演で）』なんて、確かに詐欺もいいところだ。

溜まりに溜まった鬱憤《うっぷん》の持って行き場が、見つからないんだろうなぁ。

これはやっぱり望《のぞ》み薄《うす》、なのかなぁ。でも、ボロボロの身体を引きずってまでここにやってきたんだし、訊くだけは訊いておかないと。

覚悟《かくご》を決め、オレは本題を切り出すことにする。

「あの、それで、その、先輩。かなりびみょ～な感じだし、先輩もまるで納得してくれてないし……やっぱりこれって……未来を変えたことにはならない……ですよね？」

この一ヶ月間、先輩が口癖《くちぐせ》のように言い続けてきた、「未来を変えることが出来たら、君にわたしの全てを捧《ささ》げて、あ・げ・る♡」という言葉。

完全に未来を変えたとはとても言えないけれど、「先輩が思い込んでいた未来」は間違《まち》いなく変えられたんじゃないかな、とさっきまでは思ってたわけで。

でも、先輩の様子を見ていると、どんどん自信がなくなっていくんだよなぁ。

「え？　あっ、そっか……約束……」

先輩が今頃思い出したように呟《つぶや》く。

瞬間、先輩の顔がカァッと赤く染まった。視線を彷徨《さまよ》わせ、何度もまばたきを繰《く》り返《かえ》す。

なんか……めちゃくちゃうろたえてないか？

これって……もしかして脈あり？

「えっと、一応……変えたことに……なるんじゃない……かな」

もじもじと指を何度も組み替《か》えながら、先輩は消え入りそうな声で言う。

「じゃ、じゃあ……その、オレと……」

「待って！」

付き合ってくれるんですね、と続けようとしたら、強く制止される。

ここまで盛り上がらせておいて、今更それはないんじゃ⁉

やっぱり身長か⁉　背丈《せたけ》が足りないのか⁉

「その先は……わたしが言うから。君はもう、言ってくれたから……。今度はわたしから言わなくちゃ、ね」

強い決意に満ちた口調だった。

その言葉に、トクンとオレの心臓が一際《ひときわ》強く高鳴る。

「実はね、今日、物心ついてから初めて、夢を視なかったんだ」

「えええっ⁉ マジですか⁉ 良かったじゃないですか」

予想とはまるで違う、だが青天《せいてん》の霹靂《へきれき》とも言うべき喜ばしい告白に、オレは我《わ》が事のように嬉しくなった。

「でも、どうしていきなり？」

「君の、おかげだよ。生徒会長のトラウマ説、正しかったみたいね。確かにわたし、いつも心のどこかで、誰もわたしに気づかない場所に逃げ出したいって思ってた……。でも今はもうちっとも思わない。わたしはここにいたい。……君の、隣に」

そこでいったん言葉を切り、先輩は一度大きく深呼吸してから居住まいを正す。たったそれだけの事が、永遠にも感じられるほど長く感じた。

先輩が感情のこもった潤《うる》んだ瞳でじっとオレを見つめる。そしてその小さな唇がまたゆっくりと開いて――

「だってわたしは、君の事が大好……」

「ちょぉっと待ったぁぁぁ！」

バァン！ 留め金が外れるのではないかという勢いで、扉が開け放たれる。

ビクッと、オレと先輩は思わず飛び離れて距離を取る。

「な、ななな、なんだ、いったい⁉」

今、めちゃくちゃいいところだったのにっ！

情けないくらいに狼狽《ろうばい》するオレに、現れたサヤ姉がそんなことお構いなしとばかりに詰め寄ってくる。

その後ろには顔を手で覆《おお》い、天を仰《あお》いだ信司の姿。

「ねえ、カー坊？　あたしの言う事、何でも絶対にきいてくれるのよね？」

ついっと人差し指でオレの顎《あご》を押し上《あ》げて、サヤ姉がそんな事を言い出す。

「えっ⁉　確かにそう言ったけど、今はその……」

時と場所を、と続けたかったが、艶《つや》を帯びた流し目で妖艶《ようえん》に微笑まれ、言葉が出てこなくなる。

見慣れてて普段《ふだん》は意識しないけれども、このひともアイドル顔負けなぐらいとんでもなく美少女なんだよなぁ。

そんな間近に迫《せま》られると、オレもやっぱり男なわけでっ！

いや、誓ってオレは先輩一筋ですがっ！

「じゃあ姉命令よ。拒否《きょひ》は許さないわ。あたしの彼氏《かれし》になりなさい」

「えええええっ⁉」

いきなり何を言い出すの、この人⁉

あれはサヤ姉が先輩を助ける為に動く口実、いわば照《て》れ隠しじゃなかったの⁉

もしかしてアレですか⁉　校内に広がり始めた噂の仕返しですか⁉

「おい、おまえ、オレに貸しが二〇個も溜まってるよな？」

今度は信司が、苦々しげな表情でぶっきらぼうにそんなことを言い出す。その瞳には涙まで浮かべていた。

やばい。何が何だかわからないが、とにかくやばい。

頭の中でけたたましく警報が鳴《な》り響いている。

「サヤさんのお願い、聞いてやれよ。それで……ぐっ……チャラだ！」

「いいいいいいっ⁉」

なに⁉　なんなの、この展開⁉　いったい何が起きているんですか⁉

勿論《もちろん》、あの時言った言葉には一片の嘘《うそ》もない。この二人がいなかったら、先輩は絶対助けられなかった。

どれだけ感謝しても足りないと思う。その願いならなんでも聞いてやりたいと思う。

心底、そう思ってるだけに……

オレは、オレは……

オレはいったいどうすればいいんだぁぁ⁉

「……優柔不断《ゆうじゅうふだん》」

険を多分に含《ふく》んだ声に振り向くと、先輩がじと～～～っとした目でオレを見て、ほっぺたを膨《ふく》らませていた。

「あああっ!? 先輩！ これは、その、何かの間違いでっ！ そうだ、こいつら、オレを陥《おとしい》れようとっ！」

本気で取り乱しつつ、オレは自身の無実を訴《うった》える。

なのに先輩はぷいっとそっぽを向いて聞く耳を持ってくれないわ、

「冗談《じょうだん》でこんなこと言えないわよ。本気……だから」

サヤ姉はうっすら頬を染めてもじもじとそんな事を言い出すし、

「サヤさん泣かせたら……おまえでもただじゃすまさないぜ」

信司は信司で、殺気さえ漂《ただよ》わせてグッと拳を握り締める。

これは何か？ 運命の悪魔が、騙したオレに仕返しでもしてるんですか!?

「ふう、もう少しでこんな女タラシに騙されるところだったわ」

「いいっ!? あの、先輩!?」

よりにもよってなんて誤解をしやがりますか!?

「さ～て、教室か～えろっと。ごゆっくり～」

くるりと先輩はオレに背を向けて、ひらひら手を振りながらスタスタと歩き出す。

「ちょっとそんな⁉　待ってくださいよ、先輩っ！」

慌ててオレは先輩を追いかけようとするも、

「カー坊？」

「待てよ、返事がまだだろ」

ガシッと両脇《りょうわき》を押さえこまれる。

「離せっ！　離せよっ！　離しやがれぇぇぇぇぇぇっ‼」

オレは首をぶんぶんと振り、力の限り絶叫《ぜっきょう》する。

振りほどこうと力をこめるも、びくともしやがらない。

それどころかずるずると出入り口から遠ざけられていくしっ⁉

「ごめんね。もう少しだけこのままってのも楽しそうだから。ふふっ、いつか絶対言うから、ね？」

ドアのノブに手をかけた先輩がボソリと何かを呟いて、オレの方を振り返る。

そこに浮かんでいたものは、運命という名の軛《くびき》から解放された、この青空のように晴れやかな笑顔だった。

おまけの後日談

あれ？　あれれ？

今、わたし、夢を視てる？　この一カ月、まったく視なかったのに。

……心当たりがないわけでもない、かな。

カーくんだ。彼《かれ》は昨日からご両親と一緒に遠方の実家に里帰りしている。二日間、彼に逢《あ》えない。ただそれだけでわたしの心はきゅっと切なく締めつけられる。寂しくて、たまらなくなる。

今すぐにでも、彼の下に飛んで行きたいなぁ。

そんなことを寝る前に考えていた覚えがおぼろげにある。まあ、そういうことなんだろう。やれやれ、どうやら相当、わたしは彼にまいっているらしい。ふふっ、でもそこは年上のプライドにかけて、教えてなんてあげないんだけどね。

まあ、そんなことは、正直、今はどうでもいい。

人間、怒《いか》りが限界を振り切れると、逆に冷静になってしまうというのは本当みたい。

そう、今のわたしは怒《おこ》っている。めちゃくちゃ怒っているのだ。

ねえ、カーくん?
わたしというものがありながら。
なんで君は他の女の子とキスなんかしてるのかな?

to be continued

あとがき

絶対領域――

スカートとオーバーニーソックスの狭間に存在する空間。一部の人間に絶対的な効力を及ぼすことからそう呼ばれる。

（中略）

「スカートとオーバーニーソックスの間に、フトモモが見えればいい」というものではなく、どのくらい見えるか？　が、絶対領域の重要条件とする考えもある。

［ミニスカートの丈］：［絶対領域］：［オーバーニーソックスの膝上部分］の比率が4：1：2・5が黄金比とされ、許容範囲は±25％程度であるという意見が有力。

（以上、はてなキーワードより抜粋）

常々、ぱんつ丸出しには、まったくもって風情がないと思っておりました。

見えそうで見えない、でも見えるかも、女の子が必死に隠そうとしているもの、なかなかお目にかかれないもの、それを見れるかもしれない、そのドキドキ感、期待感、高揚感。それこそ男を萌え昂ぶらせるのです。

そもそも食べ物でも腐りかけが一番おいしいと申します。ぱんつに致しましても、完全に見えてしまってはそれはもはや興ざめもいいところであり、見えかけの瞬間、その一瞬にこそ至上の美があるのです。

覚えがありませんか？　階段で上を歩く女の子がミニスカートだったら、つい凝視してしまう。対面からスカートで自転車に乗った女子が来たら、つい目で追ってしまう。

理性ではそれはよくないことだと理解しつつも、本能に逆らえず、気づいたらそんなことになっていた……絶対領域にはそんな男を惑わす魔性の魅力が秘められているのです！

ぱんつをいかに装飾しようと、それはすでに形骸なのです。

あえて言いましょう。カスであると!!

見えるまでの過程こそが萌えるのであり、中身が何であるかは問題ではないのです。そう、白だろうが、黒だろうが、水玉だろうが、縞々だろうが、あっ、やっぱり白や黒にはガーターベルトがついているのが理想で、縞々はもちろん水色と白の横縞がよく……。

…………。

……………。

諸君、わたしはぱんつが好きだ。大好きだ!!

おや? 誰か来たようだ。うわっ、何をする!? わたしはまだぱんつのこともおっぱいのこともぜんぜん語ってな……あーーーーっ!!

※(しばらくお待ちください)

え〜、遅ればせながらはじめまして。第5回ノベルジャパン大賞にて、大賞という身に余る栄誉をいただきました鷹山誠一と申します。

何か私の偽者を語る不届き者がいたみたいですが、私はいたって真面目で健全な紳士《ジェントルマン》であります。誤解なきよう。

作品について何も語っていない気がしますが、もう紙面もないのでお世話になった方々への謝辞にいかせていただきます。

まずはやはり担当のM様。不慣れゆえいろいろご迷惑をおかけしたかと思いますし、至らぬ点も多々あるかと思いますが、ご指導ご鞭撻のほどよろしくお願い致します。

またHJ文庫編集長をはじめ、拙作を大賞に取り上げてくださり、また一冊の本として出版できるよう尽力してくださった編集部の方々。本当に感謝の気持ちでいっぱいです。これからより一層がんばることでそのご恩返しとしたいと思います。

素晴らしいイラストを描いてくださった伍長様。実はイラストがあがってくるたび、デスクトップの壁紙、携帯の待受けにしておりました。今や鷹山の頭の中ではあなたの描いたキャラクターたちが動き回っております。きららでの連載もがんばってください。

アマチュア時代、何度となく拙作を読み込んでくださったKさま、何度となくチャットで創作談義に何時間も付き合っていただき多くのことを教えてくださったH師匠、そして「ライトノベル作法研究所」にて拙作に感想を下さった方々、あなた方のご意見によりブラッシュアップできたからこそ、こうしてこの場にいられます。

ぼんくらな息子でいろいろご心配をおかけしている父母。おかげさまでなんとかこうやって本を出せました。

最後はなにより、この本を手に取ってくださった読者の方々！　本当に本当にありがとうございます。楽しんでいただけたなら幸いです。

それではまた次巻でお会いしましょう。

鷹山誠一

◆ご意見、ご感想をお寄せください……ファンレターのあて先◆

〒151－0053　東京都渋谷区代々木2－15－8
(株)ホビージャパン　HJ文庫編集部
鷹山誠一 先生／伍長 先生

HJ文庫
315

オレと彼女の絶対領域《パンドラボックス》

2011年7月1日　初版発行
2011年7月29日　2版発行

著者――鷹山誠一

発行者―松下大介
発行所―株式会社ホビージャパン

〒151-0053
東京都渋谷区代々木2－15－8
電話　03(5304)7604（編集）
　　　03(5304)9112（営業）

印刷所――大日本印刷株式会社

乱丁・落丁（本のページの順序の間違いや抜け落ち）は購入された店舗名を明記して
当社パブリッシングサービス課までお送りください。送料は当社負担でお取り替えいたします。
但し、古書店で購入したものについてはお取り替えできません。

定価はカバーに明記してあります。

Printed in Japan

ISBN978-4-7986-0248-6　C0193